幕臣の監察

本丸 目付部屋 8

藤木 桂

時代小説

二見時代小説文庫

目次

幕臣の監察——本丸 目付部屋 8

幕臣の監察――本丸目付部屋8・主な登場人物

妹尾十左衛門久継《せのおじゅうざえもんひさつぐ》……十名いる目付方の筆頭を務める練達者。千石の譜代の旗本。

牧原佐久三郎頼健《まきはらさくさぶろうよりきよ》……奥右筆組頭《おくゆうひつくみがしら》より目付となった切れ者。

保田庸蔵《ほたようぞう》……幕府に「暇乞い」を願い出た、持筒《もちづつ》三組の同心。

坂下哲五郎《さかしたてつごろう》……庸蔵の番代に推された増次郎の父。保田と同役の持筒三組の同心。

種市《たねいち》……「座頭金《ざとうがね》」と呼ばれる高利貸しを営む座頭。

依田和泉守政次《よだいずみのかみまさつぐ》……十四年を越え北町奉行の任にあたる器の大きい男。

小原孫九郎長胤《おばらまごくろうながたね》……目付方では最高齢の四十八歳。家禄は二千石の大身旗本。

山根茂治郎《やまねしげじろう》……勘定方を務める井村家の次男。山根の家に婿に入った。

山根初枝《やまねはつえ》……入り婿の茂治郎の理不尽な振る舞いから跡取りの子を護った母。

赤堀小太郎乗顕《あかほりこたろうのりあき》……小十人頭《がしら》から目付となった男。目付方にあって一番優しく朗らかな男。

向山征右衛門《こうやませいえもん》……幕臣旗本家の隠居の身ながら、息子の汚名を雪《そそ》がんと奔走する。

向山晧太郎《こうやまこうたろう》……家督を継いだ征右衛門の息子。作事下奉行の職にあるも冤罪を得て切腹。

冨沢助次郎《とみざわすけじろう》……家禄二百石の小普請。生活苦から妻を離縁する羽目に……。

江川又左衛門《えがわまたざえもん》……幕臣を餌食とする悪辣な仕組みを考え出した、家禄四千石の寄合《よりあい》旗本。

万屋《よろずや》(駒田侑五郎《こまだゆうごろう》)……商人となり座頭と組み悪事を重ねた、江川又左衛門の用人だった男。

第一話　大縄地《おおなわち》

一

江戸城《しろ》のお濠《ほり》に朝がた薄く氷が張るようになってきて、明和《めいわ》五年（一七六八）も、もうすっかり冬となった。

春の終わりに新任の目付として目付部屋《へや》に加わった牧原佐久三郎《まきはらさくさぶろう》も、一月《ひとつき》ほど前からは独り立ちしていて、以前のように目付筆頭である妹尾十左衛門《せのおじゅうざえもん》が付きっきりで指導せずとも済むようになっている。

そんな訳で、今日まわってきた目付方の『当番《とうばん》』も、十左衛門は牧原ではなく佐竹《さたけ》甚右衛門《じんえもん》と組んで番に当たっているのだが、どうした訳か、今日は目付部屋に持ち込まれてくる願書《ねがい》や伺書《うかがい》のたぐいがやけに多くて、十左衛門は佐竹と二人、朝からずっとそれらの処理に追われていた。

幕臣の監察だけではなく、幕府の礼法や規律についても広く監督と指導とを任されている目付方には、幕府内のさまざまな役方から、

「こたび○○を××にいたしたく存じまするが、それでよろしゅうございましょうか?」

という具合に、お伺いを立ててきたり、許可を願ってきたりする書状が、折につけ寄せられてくるのである。

そうして今日、常にも増して多数届けられてきた願書のなかの一つに、十左衛門は気になる代物《しろもの》を見つけて、すぐ横にいる佐竹に声をかけた。さっきから佐竹と二人で手を分けて、それぞれ書状に目を通しているのだ。

「佐竹どの。ちと、これを見てはくれぬか」

「はい、何でございましょう」

いつものように愛想よく振り返ってきた佐竹に手渡したのは、『持筒組《もちづつぐみ》』の下役《したやく》の者から出されてきた願書である。

「持筒」とは将軍が所持する鉄砲のことなのだが、むろん実際には上様《うえさま》が自ら鉄砲を構えて撃つ訳ではないから、「いざ戦《いくさ》」という折には『持筒組』や『持弓組《もちゆみぐみ》』が鉄砲

や弓を構えて、上様の周囲を固めてお護りすることになっていた。

俗に「持組《もちぐみ》」と呼ばれる持筒組と持弓組は、今は鉄砲隊の持筒組が四組と、弓隊の持弓組が三組である。

どの組も、役高・千五百石の『持筒頭《がしら》』や『持弓頭』を長官として、その下に役高・現米八十石の『与力《よりき》』が十名と、役高・三十俵三人扶持の『同心《どうしん》』五十名ほどで構成されていた。

これら持組のうち「持筒三組」の同心の一人、保田庸蔵《ほたようぞう》という者が、こたび病身を理由に「お役を辞したい」旨《むね》、願い出てきたのである。

この保田の「お暇願い《いとま》」自体には、問題がある訳ではない。

だがそのあとの、保田の辞職で一つ空きのできる同心の席に、坂下増次郎《さかしたますじろう》という名の十八歳の男が推薦されていることに、十左衛門は目付方として、引っ掛かりを感じたのだ。

「いや、ご筆頭……」

渡された書状を読み終えて、佐竹も神妙な顔を、十左衛門に向けてきた。

「まこと、これは調べねばなりますまいな」

「さようでござろう？」

十左衛門ら二人が引っ掛かりを感じているのは、辞めていく「保田庸蔵」と、その補塡《ほてん》の同心として推薦されている「坂下増次郎」との間に、何らの血縁関係もないという点であった。

この書状の同心のように、幕府内で『抱席《かかえせき》』と呼ばれているお役に就いている者たちは、基本、家督の相続は許されていない。

御家人のなかでも『譜代席《ふだいせき》』のお役の者たちは、先祖代々そのお役を子や孫に引き継いで「幕臣」として家を繋いでいけるのだが、抱席は「当人一代に限って、幕臣として召し抱えられているだけ」だから、お役を辞せば幕臣ではなくなり、自分も家族も浪人《ろうにん》身分となってしまう。

そのため当人が病《やまい》や老齢などでお役を辞す際には、自分の息子や娘婿《むすめむこ》、弟や甥《おい》などといった血縁者を、「是非にも、自分の抜けた後の役席《やくせき》に着かせたい」と考えるのが普通である。

したがって、

『この者なれば、家柄につきましては、不肖《ふしょう》、私と血縁にてございますゆえ、後任としてお役を務むるにも支障なく、適任かと存じまする。ゆえに、この者を私の後任として、ここに推薦をいたします』

という風に、自分の辞職願いとともに、後任の者の推薦状を出すというのが、通例の形であった。

この「抱席の者が辞任して、次の後任者が『新規お召し抱え』になること」を、幕府では『番代《ばんだい》』と呼んでいる。

番代というのは字の通り「番（役目）を代わる」というだけの意味だから、後任が自分の血縁者であっても、今回のように赤の他人であっても、基本的には構わない。

ただ正直、幕府としては、どこの馬の骨とも判らないような初見《しょけん》の者を雇うぐらいなら、前任者の血筋の者を雇ったほうが安心で、必定《ひつじょう》、「番代の願書」は血縁があるほうが簡単に承認されたのである。

ところが、今、十左衛門が見つけた番代の願書は、辞職する「保田庸蔵」と、後任として推薦されている「坂下増次郎」との間に、血の繋がりは全くない。

この「赤の他人」だということが、実際のところ、かなり胡散臭《うさんくさ》いのだ。

「やはりこの『坂下増次郎』なる者は、金に飽《あ》かして保田庸蔵から『株』を買った、町人か百姓なのでございましょうか？」

「うむ……。そこよ」

佐竹が言った『株』というのは、これまで保田が就いていた「役席《やくせき》」のことである。

保田は持筒組の同心だから、保田の株は俗にいう「同心株《どうしんかぶ》」であり、自分の息子を「お城勤めの幕臣にしてやりたい」と願う金持ちの町人や、有力百姓である名主たちは、百両、二百両と出してもいいから、同心株を買いたがった。

「しかして、この坂下増次郎という者、保田の同僚である『坂下哲五郎《てつごろう》』と申す同心の『次男』ということになっておりますな」

「さよう。だが『次男』など、まことは生まれておらずとも、いくらでも出生届《とどけ》は出せるゆえな。坂下哲五郎と申す同心が金をもらって、『これは自分の次男でございます』と、偽っておるやもしれぬ」

「さようでございますな」

それというのも幕臣は、基本、自分に子供が生まれても、幕府に対し、出生届を出さなくても、よいことになっているのだ。

幕府が知りたいのは、幕臣たちの「跡継《あとつ》ぎの子供」の情報だけである。

ゆえに幕臣たちのほうも、自分が事故や病で急逝《きゅうせい》しても、無事に息子に家禄の相続が認められるよう、

「我が家にも、ちゃんと長男が生まれて、無事に丈夫に育っております」

と、嫡子《ちゃくし》の長男に関しては『丈夫届《じょうぶとどけ》』という形で、子供の出生を幕府に報せてお

く。

　だが一方、家を継がない次男以下に関しては、別に出生届など出さないのが普通で、また逆に幕府のほうでも、いちいちすべて出生届を出されては面倒だから、どこの幕臣武家に何人の子供がいるかなど、判らないのが実情であった。

　つまりは今回の「坂下増次郎」も、持筒同心「坂下哲五郎」の次男などではないのかもしれないということだ。

「佐竹どの、柊次郎《とうじろう》を呼ぶか？」

「はい。それがよろしゅうございますな。あの本間《ほんま》なれば、難なく調べてまいりましょうて」

「うむ」

　十左衛門と佐竹の話に登場しているのは、「本間柊次郎」という、やり手の徒目付《かちめつけ》である。

　こうして目付の二人の信頼を一身に受けた本間柊次郎が、今回の保田庸蔵の番代について、調査することとなったのであった。

二

本間の調査《しらべ》は早かった。

あの日、十左衛門から調査を命じられた数日後には、本間柊次郎はすでにあらかたの調べをつけて、一報目の報告をしに顔を出していたのである。

「まずは、後任として書状で推薦されておりました『坂下増次郎』という者についてでございますが……」

今ここは目付方の下部屋《したべや》で、十左衛門は佐竹と二人、本間からの報告を聞くために、それまでいた目付部屋から、こちらに移ってきたところである。

「して、どうであった？　『坂下』という名の同心に、まこと『増次郎』などという倅《せがれ》はおったのか？」

待ちきれない様子で佐竹が話の先を促すと、本間柊次郎は「はい」と、うなずいてきた。

「書状にございました持筒三組の同心『坂下哲五郎』と申します者は、今年四十五だそうにございますのですが、すでに他家へと嫁《か》しました娘を筆頭に、その下に息子が二人おるようでございました」

「ふむ……。なれば、そのうちの次男が『増次郎』で間違いないということか」

いささか肩透かしを喰らったような顔をして、佐竹がそう言うと、

「はい……」

と、本間も、ちょっと苦笑いになって先を続けた。

「実を申せば、私も、たとえ次男が増次郎と申しても、実際には名を貸しただけで、『推薦状の後任の者とは別人ではないか？』と疑いまして、しばらく尾行《つ》けてみたのでございますが……」

増次郎は、兄で長男の勇太郎《いさたろう》という者とともに、剣術道場と見えるところに向かったそうで、稽古を終えて一緒に外に出てきた仲間たちから、「増次郎、おまえ、めでたく同心となったら、今度は嫁《よめ》を取るのだろう？　誰ぞ、嫁にする女に狙いはあるのか？」などと、からかわれていたという。

「さようか……」

横手から口を出したのは、十左衛門である。

「なれば別段、この一件に、懸念はないということだな」

問題がないのなら、それに越したことはない。十左衛門が、半ばこの案件について

は済んだような気持ちになっていると、だが前で本間が、意外なことを言い出した。

「いえ、それが、実は書状を出してまいりました保田庸蔵の側《がわ》に、けしからんことがございまして……」

「けしからんこと？」

「はい」

十左衛門にうなずいて見せると、本間は先の説明をし始めた。

「保田庸蔵は今年で二十七になりまして、すでに両親《ふたおや》もなく、妻子もないのでございますが、『病身ゆえに、お役を相務《あいつと》められませず……』と、番代願いの書状にありましたのは真っ赤な嘘で、その実は、放蕩《ほうとう》でこしらえた借金の催促に追われて、当たり前には暮らしていけず、お役を辞したようにてございました」

「いや、何と……！」

目を丸くした佐竹がそう言って、ぐっと身を乗り出してきた。

「なれば、もとよりその保田は『幕臣としては不行状《ふぎょうじょう》』にて、お役より外されるべき男であったということか」

「はい」

と、本間は、さらにその先を報告し始めた。

「持筒三組ではない他の持組を幾つかあたりまして、何ぞ噂や評判などなかったか、調べてみたのでございますが、保田庸蔵は、しじゅう他家の中間《ちゅうげん》たちと徒党を組んでは飲み歩き、岡場所《あくしょ》にも通って、ほうぼうで借金を重ねておりましたそうで……」

その総額が幾らになったか、まだ調査の最中で答えが出ている訳ではないが、本間が配下の小人目付《こびと》たちに命じて「保田庸蔵とは飲み仲間である渡り中間」のふりをさせ、保田が出入りしていた居酒屋などで聞きまわらせたところ、酒の肴《さかな》のように噂になっているものだけでも、実に七、八十両は下らぬほどの借金はあるだろうとのことだった。

「七、八十両とな？」

そう言って佐竹が目を剝《む》いて、横で十左衛門も一気に険《けわ》しい顔になった。

「さような生活《くらし》をしておっては、お役の当番も務まるまい。これまでは、いかな勤めぶりであったのだ？」

「はい。実は、そこでございますのですが……」

ご筆頭の問いにわずかに身を乗り出すと、本間柊次郎は言い出した。

「持筒組の同心と申せば、やはり『大縄地《おおなわち》』の内部《なか》の者にてございますゆえ、組内《くみうち》に保田のごとき同輩がございましても、他の者らが勤めの当番《ばん》の穴も埋め、なかなか外部《そと》には綻《ほころ》びを見せぬようにてございまして……」

大縄地というのは、幕府の下級役人に与えられた屋敷用の土地のことである。別名「組屋敷」とも呼ばれるこの大縄地は、御家人《ごけにん》の就く役職のなかでも組ごとに分かれて仕事に従事する者たちに、一括でまとめて配給される形の拝領地で、今回の持筒三組の与力や同心たちも「持筒三組用の大縄地」として広大な土地を与えてもらい、それを組内の与力・同心全員で分けて使っている。

与力なら役高は八十石、同心は三十俵三人扶持と、それぞれの役格に見合った広さの土地に分配し、そこにおのおの自身で家を建てて、集合団地のごとくに住み暮らしていた。

そうして土地を分け合って、日々の生活をするにも、お務めをこなすにも、何かと組内で一緒に行動せざるを得ないため、大縄地の者たちは、自然、結束が固くなった。

それゆえ保田庸蔵のような迷惑者が組内に出てきても、それを即座に幕府に訴えて「どうにかしてもらおう」などとは考えず、勤めの穴も皆で協力して埋め合《おかみ》って、外部には極力漏れないようにするのかもしれなかった。

「ただ勤めの穴埋めはともかく、借金のほうは七十両、八十両という大金でございますし、こたびの『番代』で保田の後釜《あとがま》に入りますのは、正真正銘、組内の同心である坂下の次男でございますので……」

本間が言わんとしているのは、「保田の作った多額の借金を、誰がどう穴埋めすることになるのか」という、そのことである。

それというのも、幕府は番代の際、職を失う前任者の生活の一部を助けるために、後任者が「金子を出してやる」ことを公認している。元来、幕府が「よし」としている番代は、子や弟、甥などといった近親者への番代なので、老齢や病で働けなくなった前任者を扶養するため、後任である身内の者が金を出すことを、『合力《ごうりき》』と呼んで奨励しているのだ。

今回の番代では、坂下が『合力』の名目で金を出し、保田から同心株を買い取った形になっているのであろうが、坂下自身も三十俵三人扶持の小禄なのだから、さすがに七十両、八十両の大金は出せないであろうと思われた。

「坂下からの合力の金子《きんす》だけでは払いきれぬであろう借金を、結句、保田庸蔵がどう始末をつけましたものか、そのあたりが気になるのでございますが……」

「さようさな」

本間に答えて十左衛門がうなずいていると、横手から、ふいに佐竹がこんなことを言ってきた。

「そうしたものは、おそらく皆でなけなしの金子を出し合《お》うてでも、組内で処理することでございましょうて」

「え？」

思わず声を上げたのは、本間柊次郎である。

「保田はもう同心仲間から抜けますというのに、それでも組内の者らで尻拭《しりぬぐ》いをいたすというのでございますか？」

「いや……」

と、だが佐竹は、首を横に振ってきた。

「『保田の尻拭い』というには当たらぬであろうな。組内の者らが手を貸して、金を出してやるのであれば、それは『坂下』のためだ。番代で、保田の同心株を引き継ぐということは、すなわち保田の借財のほうにも関わることになろうからな」

坂下の払った「合力」の金で、保田の莫大な借金がどの程度まで返済できたのかは判らないが、もし保田が残った借金に対しても「自分はもう返せぬから……」と尻を捲《ま》くって、どこかに逃げてしまったりすれば、その取り立ては、やはり保田の同心株を引き継いだ坂下のところに押し寄せる。

金貸しの側から見れば、だらしなく借金を重ねてためた保田を追うより、こつこつと金子を貯めて同心株を買った坂下のほうを狙って返済を迫るのが賢明というもので、『抱席』身分の下級御家人とはいえ、れっきとした幕臣である坂下が「前任者の借財など、俺は知らぬ！」と簡単に尻を捲くれないのを承知の上で、坂下のもとに取り立てに来るのは明白であった。

「金貸しに限らず、商人《あきんど》というものは、我ら武家のそうしたところを見て取っておりますゆえなあ……。こたびの案件《こと》とて、もし保田や坂下が単体で暮らす同心ならば『取りっぱぐれる』ところを、大縄地の一員《もの》ゆえ組内の周囲が放っておく訳がなかろうと、さように高《たか》を括《くく》っておりましょうて」

「なるほどの……」

一連の佐竹の話に感心して十左衛門がうなずいていると、逆に佐竹は、慌てたように言ってきた。

「あ、いやご筆頭……。どうもこう、ああだこうだと手前味噌で出しゃばりまして、まことにお恥ずかしいかぎりでございまして」

小さく頭を下げると、佐竹はまるで言い訳するように先を続けた。

「佐竹家《うち》は従弟《いとこ》に『御先手組《おさきてぐみ》』の与力をしている者がおりましてな。もう代々、血筋に番代を続けながら千駄ヶ谷《せんだがや》の大縄地で暮らしておりますゆえ、自然、こうした話も何かと耳に入りまして……」

「いやいや佐竹どの、まことと話を聞けて良かったぞ。おかげでやっと、この先の捜査《しらべ》の肚《はら》が決まった」

「さようでございましょうか……？」

まだやはり、さっきの自分の大演説に恐縮しているらしい佐竹に笑って見せると、十左衛門は「柊次郎」と、今度は本間に顔を向けてこう言った。

「こたびばかりは『目付筆頭』の名を大いに使って、正々堂々、持筒三組に乗り込むぞ。保田に幾らの借財があり、それを坂下や組内の者らがどう始末いたしたものか、何としても口を開かせねばならぬゆえな。七十両だ、八十両だという借金が事実《まこと》なら、保田は酒や岡場所だけではなく、禁制の賭博《とばく》にも手を出しておるやもしれぬ」

「はい。まことにそこが気になるところにございまして……」

本間柊次郎もそう言って、神妙な顔を向けてきた。

もし保田が本当に賭博に手を染めているのなら、今の幕臣の身分としてはもちろんのこと、この先、同心職を辞職して、ただの浪人身分になったとしても、賭博の罪で捕らえて処罰しなければならない。

「今のところの調《しら》べでは、深酒と女遊びの二つばかりが出てくるのでございますが、はたして酒場や遊女屋へのツケだけで、さようにたまりますものかと」

「うむ……」

十左衛門はうなずくと、先をこう決めた。

「なれば、さっそく明日にでも乗り込むぞ。場所はたしか、四谷仲町《よつやなかちょう》であったな？」

「はい。ではこれより、手配をばいたしてまいりまする」

十左衛門と佐竹、二人の目付にお辞儀をすると、本間は急ぎ下部屋を出ていくのだった。

三

翌日、めずらしく本間柊次郎のほかにも七、八人、供《とも》の配下を連れた十左衛門が、いかにも「目付筆頭」らしく武張《ぶば》って四谷仲町の大縄地を訪れたのは、昼下がりのことだった。

「大縄地」などと呼ばれてはいるが、大昔、幕府が持筒三組にあてて、この土地を配給した当時のように、敷地全体に縄が張られている訳ではない。

一見したところは他の御家人の武家町と同様で、小ぶりな武家屋敷が並んでいるだけなのだが、よく見れば「ここからが持筒三組の大縄地内か……」と判る形で、道の左右に平等に、同心たちのものらしい敷地が配分されていた。

彼ら持筒組は、戦時には上様近侍《きんじ》の鉄砲隊として働くが、日常的には江戸城内にある中仕切《なかじき》りの諸門を、交代制で警固している。

今日これから保田や坂下を訊問するにあたり、二人が警固の当番等で留守にしていると困るので、あらかじめ目付筆頭の十左衛門が出張《でば》ってくることは、目付方の配下を通じて報せてある。

その到着の先触《さきぶ》れをするため、まずは本間が配下二人を引き連れて、十左衛門ら本隊から離れて大縄地内へと向かっていったが、なぜかいくらもせぬうちに、持筒組の者らであろうと見える数人の男たちとともに、こちらへと駆け戻ってきた。

「ご筆頭！」

馬上にいる十左衛門のすぐ脇まで走ってくると、本間は血相を変えて、こう言ってきた。

「保田庸蔵が、どうやら出奔《しゅっぽん》したようにござりまする！」

「なにっ？」

一瞬にして険しくなった目付筆頭の表情に、本間のあとについて走ってきた持筒組の者たちは震え上がったようだった。

「して、保田はいつから姿が見えぬのだ？」

鋭く問うた十左衛門に答えて、持筒組の者らの一人、本間のすぐ後ろについていた四十半ばと見える男が、「申し上げます！」と一膝、前に乗り出してきた。

「三組与力・森田源太夫《もりたげんだゆう》と申しまする。保田庸蔵にてございますが、今朝方、組内の者らの幾人かが井戸端にて保田を見かけたそうにございますゆえ、いまだ江戸市中におりますものかと……。ただいま非番の二十名ほどで手分けをし、市中を探しておりまする」

「うむ。して、保田の潜伏しそうな酒場や岡場所に見当のつく者はあるのか？」

「え……？」

瞬間、森田をはじめとした持筒組の者らが、いっせいに凍りついた。

まさか「御目付筆頭の妹尾さま」に、保田の辞職理由が病ではなく、放蕩によるものだとばれているとは思ってもいなかったのである。

「あの……」

思わず口ごもった森田に、横手から本間柊次郎が十左衛門の補佐をして、森田らにこう告げた。

「保田については、すでにあらかたの調べはついておる。本日は、保田の放蕩の仔細と、保田の作った借金の始末について、お訊ねにまいられたのだ」

「はっ。御上《おかみ》をたばかり、まことに申し訳もございませぬ！　こたびの一件につきましては、不肖《ふしょう》、与力の私がすべての責を……」

「さようなことは後だ！」

一喝《いっかつ》したのは、馬上の十左衛門である。

十左衛門は与力の森田から、本間ら目付方配下のほうへと視線を移すと、いつものごとく静かな声で、この先の手配をし始めた。

「まずは保田庸蔵を見つけねばならぬ。柊次郎を残し、あとの者は大縄地《ここ》の者らに手を貸して、とにかく保田を探してくれ」

「はっ。心得ましてござりまする」

言うが早いか、探索に手馴れた目付方の者たちは、森田以外の大縄地の者らに声をかけて、まずどこを探したらよいか、相談をし始めている。

その頼もしい姿に満足すると、十左衛門は、今度は森田に顔を向けた。

「保田について話が聞きたい。どこぞ、ゆるりと話ができる場所はないか？」

「なれば、どうぞ、拙宅に……」

そう勧めてきた森田にうなずくと、十左衛門はその森田の案内で、大縄地の奥へと入っていくのだった。

四

持筒三組の長官は、横峰《よこみね》灸右衛門《きゅうえもん》常義《つねよし》という役高・千五百石で『持筒頭』を務める旗本である。

十左衛門ら目付職は、旗本や御家人を指導・監察する役目を任じられているから、むろんこたびの持筒頭を務めるような旗本も監察や指導の対象となるのだが、仕事柄「清貧」を旨とする目付の職は役高が千石で、役高・千五百石の持筒頭よりも役高においては低くなる。

幕府において、役高が高いか低いかは、そのまま職格の高低を意味していたから、役高・千石の目付は、千五百石の持筒頭よりも「格が低い」ということになっていた。

そのせいもあるのであろうか、今日この大縄地に訊問に来るにあたっては、目付方から横峰にあてて正式に「保田の辞職願いについて、四谷仲町の大縄地を訪ねて仔細のほどをうかがいたい」旨《むね》、本間柊次郎を直《じか》に使いに出したのだが、横峰から返ってきたのは、実に気のない返答であった。

「同心格の者の番代については、基本、差配を与力ら十名に任せてあるゆえ、細かなことは、あの者らに訊いて欲しい。

こたび新任の同心として推挙されている坂下増次郎の件ならば、『現同心・坂下哲五郎の次男にして、文武両道に秀《ひい》で、人物についても申し分なし』と、与力十名の連名で報告も受けている。

それでも尚、何ぞ懸念がおありであれば、存分にお調べいただいて構わない」

というものだった。

つまり、持筒三組の『頭』である横峰自身は、今日この十左衛門らの訪問の席には出てこないということである。

持筒頭の横峰にとって重要なのは、新規に入る坂下が「自分の配下として採用にするにふさわしい人物かどうか」だけである。

保田はもう辞めていく人材で、それも同心を辞めれば幕臣ですらなくなり、禄を出してやらずとも済むようになるというのに、「何を今更、保田を調べる必要がある?」という不審や不満を、十左衛門ら目付方に抱いているに違いなかった。

だが、そうした不審不満を持っていたのは、どうやら持筒頭の横峰だけだったようである。

森田の案内で屋敷に着き、客間に通されると、その十左衛門ら目付方二人の前に、なぜか森田をはじめとした五、六人の組内の者らが座ったが、これから始まる目付方の訊問を怖れて、縮み上がっているようだった。

「これが新規に推薦を受けております坂下増次郎でございまして、その横におります者が父親の坂下哲五郎、そうしてこの哲五郎も含めましたここな四人が、保田庸蔵と『五人組』を組んでおりました同心にてござりまする」

「うむ」

与力の森田からの紹介に、十左衛門はうなずいて見せた。

森田の言った『五人組』というのは、昔から慣習的に大縄地の組織内で取り決められている、いわば「運命共同体」のようなものである。

基本、隣近所に住む同心五人を一つの「五人組」として、江戸城内の諸門の警備をする際も、こたびのように五人のなかに何ぞかあった際にも、お互いに相談しながら、協力し合うこととなっている。

この五人組には管理・監督役として与力が一名ついており、保田や坂下のいるこの五人組の与力が「森田源太夫」であった。

「して、そなたらは、保田の放蕩については、どの程度知っておるのだ？」

「それが……」

答えてきたのは、またも与力の森田である。坂下ら同心たちは、ただもう「御目付さま」が怖ろしくて言葉も出ないようだった。

「庸蔵は幼き頃より口数が少のうございまして、長じてからも、ごくおとなしい男でございました。まさか外にて、かように放蕩の限りを尽くしますとは、誰も、夢にも思いませず……」

「ほう……。おとなしい男であったか？」

「はい。酒好きで、外でも飲んでおりますことは知っていたのでございますが、もとより保田の家の男は、酒に強うございますので……」

森田はそう言うと、急に何やら懐《なつ》かしそうな顔をした。

「今は亡き庸蔵の父親で『嘉助《かすけ》』と申す者なども、めっぽう強うございました。皆でどれだけ深酒をいたしましても、翌朝には一人けろりとして、他の者の当番なども代わって出てやるほどにございまして」

「なるほどの……」

十左衛門は、森田に大きくうなずいて見せた。

この森田の話しっぷりから推し量《はか》れば、保田庸蔵当人はともかく、少なくとも父親の代までは、保田家の者は森田をはじめとした組内の仲間たちから慕われていたようである。

これは存外、保田庸蔵について詳しく訊き出すには、保田当人を今のところはなるだけ「罪人扱い」にせぬほうが得策であるやもしれなかった。

保田が同心を続けられなくなるほどに借金を作ったことや、現に今どこかに逃げて姿を見せずにいることを、森田ら組内の者たちは、目付方《こちら》が考えているほどには「悪行」と捉《とら》えていない可能性が高いのだ。

大縄地の者らの結束の度合いがどれほどのものかは判らないが、とにかくこちらは淡々と「そなたらの知り得るかぎりを話してくれ」という風に、さり気なく訊問を進めたほうがよかろうと思われた。

「なれば、倅の庸蔵も、深酒で当番《つとめ》に穴を空けることもなかったという訳か？」

「はい」

と、森田はうなずいたが、その先をこんな風に続けてきた。

「ただ、こたび庸蔵から『実は借金で首がまわらなくなったから、自分は御上にお暇乞いをして、坂下さんのところの増次郎さんに番代をお願いしたい』と、初めて相談を受けました際、驚きはいたしましたものの、一つだけ、『これは、もしや……』と思い当たる節がございまして」

「ほう、思い当たる節とは？」

十左衛門が心して穏やかな声を作って訊ねると、森田は少し顔つきを曇らせて、こう言ってきた。

「保田の家には遠縁に、町場に下った者がおりますのですが、庸蔵からは大叔父《おおおじ》（祖父の弟）にあたるその遠縁が『老齢《とし》で動けぬ』というので、折につけ庸蔵は泊まりがけで世話をしにまいっていたのでございます。今にして思えば、おそらくあれは嘘だったのではございませんかと」

「うむ……。では『大叔父がいる』というのが、そもそも嘘ということか？」

「いえ、そうではございませんので」

森田はあわてて首を横に振ると、その先を説明した。

「保田の家に木彫り職となった遠縁がいて、それが所帯も持たず、一人で長屋暮らしをしているというのは、今は亡き庸蔵の両親《ふたおや》からもよく聞いておりました。ただまあ何と申しましょうか、庸蔵からは大叔父にあたりますその遠縁を、庸蔵が本当《まこと》に世話しに通っておりましたかどうか……」

今日、庸蔵が目付方の訪問を恐れてか「姿をくらました」と判明した時点で、森田は組内のほかの与力たちに頼んで、保田庸蔵を見つけるべく捜索の手配を頼んだそうなのだが、その捜索先の一つに、神田《かんだ》の横大工町《よこだいくちょう》にいるはずの遠縁も加えてあるということだった。

「なれば今、その大叔父の長屋にも、追っ手は出しておるのだな？」

「はい。ですが、よくよく考えますと、親の嘉助の叔父なのでございますから、今が一体、幾つぐらいになりますものやら、やはり嘘やもしれませぬ」

「さようさな……」

　十左衛門が森田にうなずいて見せていると、その森田の横で、ただただ身を縮めていただけの同心たちのなかから、ようやくに声があがった。

「不躾《ぶしつけ》ながら、申し上げます」

　見れば、どうやら次男《せがれ》のために保田に番代の合力金を支払ったという、坂下哲五郎のようである。

「そなたはたしか、『坂下哲五郎』と申したな？」

　また怖がって黙り込んでしまわぬよう、十左衛門が精一杯に声をやわらげると、坂下哲五郎はそれで少しは勇気が増したか、「はい」と顔を上げてきた。

「あの、実は今お話しの、遠縁の件《こと》にてございますのですが……」

「聞かせてもらおう」

そう言って十左衛門が身を乗り出すと、坂下哲五郎も「はい」と勇んだようだった。

「『大叔父の世話をしにまいっていた』と申しますのは、やはりはっきり、嘘なのではございませんかと……」

「おう。ではそなた、何ぞ確証のごときがあるか？」

「『確証』というほどではございませんが、実は保田には何軒か、馴染みの遊女屋がございまして、内藤新宿《ないとうしんじゆく》にございますその何軒かの遊女屋に、代わる代わるに顔を出しておったようにてございますので……」

「ほう……。さように何軒も通っておったか？」

「はい。ツケをためておりました遊女屋が、六軒もございました」

番代の合力として坂下は、保田庸蔵があちらこちらにためっ放しにしてある借金を、次々と片付けていったらしい。

それゆえ保田があちこちの遊女屋に泊まり歩いていたことについても、詳しく知っていたのだそうで、これまでは、同心を辞めて浪々の身となる保田への同情もあり、保田が勤務をさぼって遊んでいたのであろうことについては、与力の森田や五人組の仲間たちにさえ、詳しくは言わずにいたそうだった。

「ツケのたまった六軒のうち、ことに二軒に、庸蔵は執心だったようにてございまして、一軒には八両二分、もう一軒には、なんと十二両もツケをためておりました」

「いや、したが、その遊女屋も、よくも黙って十二両もツケさせておったな」

十左衛門が思わず本気でそう言うと、

「はい。まこと初めて『十二両』と聞かされた時には驚きまして……」

坂下もだいぶ目付方《こちら》に慣れてきたらしく、大きくうなずいてきた。

「ですが、もっと以前に庸蔵がためておりましたツケの額は、そんなものではなかったそうにございました」

単純に遊女を買うだけではなく、保田は自分が泊まった遊女の部屋に、外の料理屋から酒や料理を仕出しで頼んで運ばせていたそうで、女に飲ませ、自分自身も大いに飲んでと、安手《やすで》の遊女屋の客としては、なかなかの「お大尽《だいじん》」ぶりであったらしい。

「一頃《ひところ》などは、気に入った遊女の部屋に、二晩も三晩も泊まり通しで遊んでおりましたそうで……」

いくら場末の遊女屋とはいえ、二日、三日と昼夜通して居続けで遊べば、支払いが十両を越すこともめずらしくはない。

「ひどい時には一月《ひとつき》分のツケだけで、四十両近くになったことさえあったそうにございました」

「ほう……。なれば、そうして居続けで遊んでおったのを、『大叔父の看病』と偽ったという訳か」

十左衛門がそう言うと、「はい」と坂下哲五郎もうなずいた。

「おそらくは、そうしたことかと……」

「うむ……。して、保田は四十両にもふくらんだそのツケを、どう返しておったのだ？『上客』とはいえ、さすがに店のほうも黙ってはおるまい」

「はい。庸蔵に確かめましたら、そうしたツケの払いもすべて、最後には札差からの借金で埋めていたそうにございました。ただし、ここ半年くらい前からは、そちらも断られておりましたようで、それでどうにも首がまわらなくなったようにてございました」

くだんの遊女屋・六軒を皮切りに、同じく内藤新宿にある飯屋や居酒屋のたぐい、大縄地近くの八百屋や味噌屋、油屋などといった日用品の小店《こだな》にも、保田庸蔵は新旧も大小もさまざまに、ツケをためまくっていたという。

「皆しっかりと借用証文《しょうもん》がございますから、それを頼りに店を探して、ここにおります増次郎と二人、片っ端から返してきたのでございますが……」

総額は、なんと三十五両近くにまでなったという。

「ほう……」

十左衛門は目を丸くした。

「三十五両であったか……」

借金の総額が三十五両だというのなら、徒目付の本間たちがあちらこちらに潜入して聞き込んできた「七、八十両」という額からは、大きくかけ離れている。やはり、渡り中間たちの酒の肴の噂話など、当てにはならないということかもしれなかった。

だがこの三十五両には、まだ先に続きがあったのである。

「そうした証文のぶんだけは、どうにかこうにか返しきったのでございますが、庸蔵が札差から借り入れましたほうには、さすがにもう、すぐには手がつけられずでございまして……」

そう言って、坂下は顔を曇らせた。

「そちらは、いかほどになっておるのだ？」

「札差より帳簿を見せられたところによれば、七十八両にてございました」

「七十八両とな？」

「はい……」

「…………」

うなだれている坂下にはすまなかったが、十左衛門は、正直、今聞いたその金額に少なからず驚いていた。

本間たちが聞き込んできた「七、八十両」という噂は、こちらのほうだったのだ。ごく普通に考えれば、れっきとした商人である札差が、客の借金の額などを外部に言い触らすはずはない。

となれば、保田自身が飲み仲間の中間たちを相手に、武勇伝か何かのように自分が札差に借りている額を口にしていたのかもしれず、そんなことからも保田庸蔵という男の実像が少しずつ見えてきたようだった。

いずれにしても、三十五両ものツケを片付けてやった後の「札差の七十八両」は、三十俵三人扶持の同心である坂下哲五郎にとっては、どうにもならない金額であるに違いない。

さりとて自分がためた借金の額を酒の肴にし、今も目付方の訊問から逃げて、どこへか姿をくらましている保田庸蔵が、自分で残りの七十八両を返済するとは思えないから、やはり札差の取り立ては、今回の番代で保田の同心株を引き継ぐこととなった坂下に向けられるものと思われた。

「して、そなた、いかがいたすつもりだ？」

十左衛門が少なからず本気で案じながら訊ねると、坂下も神妙な顔で正直に答えてきた。

「札差との交渉はこれからなのでございますが、この増次郎に、そのまま保田家の借財を引き継がせてはもらえまいかと、そう話を持ちかけてみようと存じまして」

「おう、それがよかろう。まずは妻帯せぬうちに、なるだけ借金を返してしまうことだな。独り身の間は、暮らしに金もかかるまい」

「はい」

と、答えた坂下の隣で、父と一緒に平伏してきたのは、哲五郎の次男・坂下増次郎である。

「心して、仰《おお》せの通りにいたしとう存じまする」

「うむ」

うなずいて十左衛門は、番代で同心に加わる予定の十八歳の男を、改めて値踏みした。

父親の哲五郎に似た、生真面目そうな風貌の若者である。よく見れば、武芸が達者というだけあって、頑丈そうな体軀の持ち主であった。

この者なれば、持筒同心として立派にお役目もこなせるであろう。新規の同心として取り立てられるのと同時に、七十八両という莫大な借財を背負うこととなるのであろうが、哲五郎が父として手助けをせぬはずはないから、返済に困って身を持ち崩すという事態にはなるまい。

だが十左衛門には一つだけ、この大縄地の者たちに言っておかねばならないことがあった。

「番代の仔細については相判った」

森田や坂下ら一同を見渡すと、十左衛門は目付として顔つきを一段厳しくし直して、話し始めた。

「けだし、まだこたびの番代については、正式に承認する訳にはまいらぬ」

「え……」

と、かすかに息をのんだのが誰であったか判らなかったが、十左衛門は構わずに、先を続けていった。

「坂下増次郎が新規に同心と相成《あいな》ることに関しては、目付方《こちら》も何らの懸念はない。保田庸蔵の辞任が成れば、すぐにも正式に『新規お召し立て』の承認がいただけるよう、上《うえ》つ方《かた》にも相諮《あいはか》ろうておくつもりだ」

「お有難う存じまする」

　思わず声を出してきた坂下哲五郎をはじめとして、増次郎と与力の森田の三人が、揃って頭を下げてきたが、

「だがそれと、保田の辞任の承認とは、別の件《はなし》である」

　と、目付筆頭の話の先はここで一転して、「お叱《しか》り」の色を帯びてきた。

「保田が今、何を思うて姿をくらましておるのかは判らぬが、保田が幕臣の身でありながら不行状を相続《あいつづ》け、あまつさえ百両を越えるほどの借財をためたことには、疑いの余地はない。もし残りの七十八両の借財のなかに、ご禁制の賭博によるものなどあらば、その際《とき》はあくまでも『幕臣』として極刑と相成ろう」

「…………！」

　と、一同が一人残らず、息をのんで青くなったのが、十左衛門にも見て取れた。

なれば、つまりは今こそが、この実直でどこまでも仲間思いである大縄地の者たちに、「そなたたちは、思い違いをしておるぞ」と言い聞かせて理解させる、絶好の機会なのだ。

「あの……。ちと、よろしゅうございましょうか」

おずおずと声をあげてきたのは、与力の森田源太夫である。

「何だ？」

十左衛門が顔から厳しさを消さずに向き直ると、森田は少し、身を縮めたようだった。

「ご禁制の賭博の件でございますが、おそらくは庸蔵も、さすがにそうした悪所には足を踏み入れてはおらなんだものかと……」

「それに確たる証拠《あかし》はあるか？」

「いえ……。ですが借金の整理をいたしておりましても、そうしたものはただの一つも見当たらずにおりましたようで……」

森田は何とか保田庸蔵を庇ってやろうと考えているらしく、横に座した坂下哲五郎へと助けを求める目を向けている。

すると哲五郎もそれに応《こた》えて、保田を庇《かば》い始めた。

「まこと、今の森田さまのお話の通りにございまして、三十五両分の借用証文《しょうもん》のなかには、そういった代物はただの一つも……」

「されど、それが直ちに『保田が賭博をしておらぬ』という証《あかし》になる訳ではない！」

「ははっ」

目付筆頭の再びの一喝に、森田も坂下もあわてて畳に額をつけた。

もうすっかり最初のごとく縮こまった一同に、十左衛門は一転、言い聞かせるように話し始めた。

「ともに大縄地に住み暮らす者どうし、労《いた》わり合い、助け合おうていくのは、持筒組のお役を務める上でも大切であろう。今日ここにて、そなたらと話をし、『この組なれば、この先、誰が新規に加わることになったとて、必ずや皆で守り育ててくれるであろう』と、目付として安堵《あんど》したのも確かである。だがそのことと、保田の一件は別だ」

保田は深酒をしても翌日には残らず、度を越した岡場所通いも「大叔父」の存在を上手《うま》く使って隠していたようだから、上司の森田をはじめとした五人組の者たちが、保田の放蕩を見抜けずにいたのは、いたし方ないことであろう。

だが今回、いざ「番代」となって保田の度を越した放蕩が判明した時点で、やはり監督役の与力の森田はむろんのこと、保田とは五人組の仲間である坂下たちも、直ちに『持筒頭』の横峰に保田の放蕩と借財について、報告すべきであったのだ。

「それを半端《はんぱ》にそなたらが庇い立てて、保田の暇乞いを『病身のため』なんぞと偽るゆえ、保田に出奔の機会を与えることと相成ったのだ」

「はい。まこと、申し訳も……」

平伏したまま、そう言ってきたのは与力の森田である。

「この責任《せき》は一身に、与力のそれがしにござりまする。それゆえ、どうか、坂下ら同心たちにつきましては……」

「さようなことは後だ。保田が見つからねば、いつになっても番代は叶わぬぞ。目付方《こちら》も探すが、なにぶん保田の面体《めんてい》を知らぬゆえ、組内の非番の者にて手を分けて探せ」

「ははっ」

森田も坂下たちも、もとより平伏でいたところを、さらに低く、這いつくばるような形となっている。

そんな一同を残して座敷を出ると、十左衛門ら目付方一行は四谷の大縄地を後にするのだった。

五

十日ほどが過ぎたが、保田の行方《ゆくえ》は杳《よう》として知れなかった。

その間に目付方では本間柊次郎が中心となり、保田がご禁制の賭博に手を染めてはいなかったか、例のごとく「保田の飲み仲間である渡り中間」のふりをして、諸所の酒場を根気よく探り続けていた。

そうして昨晩ようやくに、本間の配下である小人目付の一人が、有力な情報を手にしてきたのである。

昨晩遅くその配下より報告を受けた本間柊次郎は、翌朝には、さっそく「ご筆頭」に報告すべく、目付部屋を訪れていた。

「どうやら保田は、賭け事のたぐいは好きではなかったようにございまして……」

渡り中間に化けた小人目付を相手に、保田の顔見知りの男がそんな話をしてくれたのは、保田がツケをためていた内藤新宿の飯屋のうちの一軒であったという。

屋号を『ならや』というその飯屋は、酒客の多い内藤新宿の町内にありながら、酒はいっさい置いてはおらず、頑固に飯しか出さない店であったが、そこで出会った男たちが「ここの飯は、安くて美味《うま》い」と皆でこぞって言う通り、何を注文しても本当に美味かった。

その『ならや』に目を付けて幾度も通い、もうすっかり客の男たちとも顔馴染みになった小人目付が、とうとう昨夜、聞きつけてきたのである。

「その男が申しますには、『保田は存外、金には厳しい』ということで、飯でも酒でも遊女《おんな》でも、いったん自分が気に入れば幾らでも散財いたすそうなのでございますが、たとえば居酒屋などでも、その店の出す喰いものが不味《まず》ければ、喰いもののたぐいはいっさい頼まず、酒だけを平気で飲んでおりましたそうで」

そんな保田であるから、他の男たちが「夕飯を喰うのが『ならや』だと、わざわざ酒を他店《よそ》に行かねばならないのが面倒だ」と、夕飯時は皆、他店に繰り出すというのに、保田は一人で『ならや』で飯だけ喰ってきて、酒のみ後で皆と合流したりもしていたらしい。

「ほう……」

十左衛門は目を見張った。

「それは、ちと面白いな」

「はい。まことに……」

本間も大きくうなずいて、その先を、少し愉しげに続けてきた。

「賭博の件にいたしましても同様にございまして、『当たるかどうか判りもしない賭け事なんぞに、金を使う輩《やから》の気が知れない』と、保田は常々、そう申していたそうにござりまする」

「なるほどの……」

どうやら保田庸蔵は、「放蕩者」と、簡単に一括りにしてしまう訳にはいかない男のようである。

三十五両に七十八両という、とんでもない額の借金をこさえているから、ただ単に金にだらしのない遊び人なのかと思っていたが、存外、自分のしていることは、きっちりと見えているのかもしれなかった。

それでなお、これほどの借金を平気でためていたのだとしたら、相当に肝《きも》の据《す》わった性質《たち》の悪いやつである。

「これは、ちと、そう容易《たやす》くは捕らえられぬやもしれぬぞ」

「はい……」

そう言って、十左衛門と本間が顔を見合わせた時である。

「中江《なかえ》です。失礼をいたします」

襖の外で声がして、中江騏一郎《きいちろう》という、まだ新参の徒目付が目付部屋へと入ってきた。

「騏一郎。ここだ」

顔を見るなり声をかけたのは、本間柊次郎である。本間は今、新参の中江の指南役として、自分につけて補佐的な仕事をさせながら、中江に「徒目付のいろは」を教え込んでいる最中なのである。

「どうした？　何ぞ、あったか？」

「はい。実は先ほど、くだんの森田源太夫から急ぎ報せが入りまして、『保田庸蔵に、二百両を貸した』と申す者が、森田の屋敷に押しかけてまいったそうにてございまして」

「なにっ？」

と、目を剝《む》いた本間の横から、十左衛門が中江に訊いてきた。

「して、『貸した』と押しかけているのは、何者だ？」

「種市《たねいち》と申す『座頭《ざとう》』だそうにござりまする。『二百両、耳を揃えて返せると、昨日、保田より報せが入ったから来たのだ』と、そう申しておりますそうで」

「なれば、『座頭金《ざとうがね》』か……」

そう言って眉を寄せた十左衛門に、「ご筆頭……」と、これも険しい顔になった本間が、横手から声をかけてきた。

「『座頭金で、二百両』と申しますと、ちと厄介でございましょうね」

「うむ……」

座頭というのは、全国の盲人たちが自助組織として結成している『当道座《とうどうざ》』という組合の、正式な座員となっている盲人のことである。

江戸幕府の開府よりずっと前から『当道座』は存在していて、目が見えないせいで満足に仕事に就けず、喰うにも困るような生活にならないよう、先輩座員たちが後輩の若い座員たちを弟子に取り、「按摩《あんま》」「鍼《はり》」「灸《きゅう》」などといった医の術や、「琵琶《びわ》」「琴《こと》」「三味線《しゃみせん》」などといった音曲の術を教え込んであげるのである。

だがそうはいっても、やはり人にはそれぞれに「器用・不器用」「向き・不向き」といった問題があり、先輩の座員が師匠となって、どれだけ懸命に教え込んでも、満足に物にならない者たちも多かった。

そういった者たちがなるだけ困窮しないよう、幕府は盲人が世過ぎのために金貸しをすることを認めていたのである。

むろん、たとえば札差のように、盲人以外の者でも「金貸し業」自体はできる。

だが幕府は金貸し業をする者に対して、一定以上の利息をつけないよう厳しく利率の制限をしていたため、勝手に高利で金貸しをすることはできなかったのである。

その利率の制限から唯一「お目こぼし」してもらっていたのが、今回の座頭のような当道座の者たちであった。

利息を自由に決められるということは、善良に低い利率を設定し、多くの客を集めて商売することもできる一方で、ひどく高利な利息をかけて、悪辣《あくらつ》な取り立てをすることもできるということである。

このうちの、悪辣で高利な金貸しの盲人が貸す金を、世間では「座頭金」と呼んで、敬遠しているのだ。

「座頭金、二百両か……」

独り言のようにそう言うと、十左衛門は横にいる本間を振り返った。

「いささか胡散臭《うさんくさ》うはあるが、まずは何より『昨日、報せが来た』というのが気になるな」

「はい。保田よりの報せというのを、誰がその座頭に持ち込んだものか、そのあたりが判れば、保田の居場所の手がかりがつかめるものかと」

「うむ。なれば、疾《と》く出立の支度を……」

「はっ」

今日が当番の目付たちに出立の事情を伝えると、十左衛門は、本間や中江ら数人の配下を引き連れて、急ぎ四谷仲町へと向かうのだった。

六

四谷仲町にある持筒三組の大縄地は、大変な騒ぎとなっていた。

騎馬の十左衛門が本間ら配下を従えて、「森田らの大縄地までは、あと少し」というあたりまで来ると、普段なら物音一つ聞こえてはこないような閑静な武家町だというのに、その静けさを破って、何やら大声で文句を言う男の声が聞こえている。

馬上にいる十左衛門の耳には、はっきりと言葉の粒まで聞き取れるほどの大音声《だいおんじょう》であった。

「だから、何度も言うが、あたしはね、昨日たしかに保田さんから『ここへ来れば、二百両返してもらえる』と、そう聞いたんでございますよ！　証文だってあるんだ。何ならこっちは出るところに出たって、いいんでございますから！」

「いや、しかし、いきなりそう言われても……」

答えているのは聞き覚えのある声で、おそらくは森田源太夫であろう。

大縄地の敷地内に入り、森田の屋敷が見えてくると、やはり屋敷の門前で、森田をはじめとした幾人かの武士たちと、「あれが座頭であろう」と見える五十がらみの男とが、相対《あいたい》で揉めていた。

　おまけに驚いたことには、座頭と見える男の左右には二人ほど、いかにもガラの悪そうな若い町人の男たちが、用心棒よろしく、ついてきているのである。

　見れば、男たちは懐《ふところ》のなかで腕を組み、森田ら組内の者たち一人一人をギロリギロリと順番に睨みつけて、口や動きを封じ込めようとでもしているかのようで、それが判っているからか、座頭はどこまでも強気なようだった。

「いいから早く、『坂下』ってお方を出しておくんなさいまし。そのお方が保田さんのお同心株《かぶ》を買われたんでございましょう？　だったら、あたしはそのお方と、直談《じかだん》判《ぱん》するだけだ」

「今、坂下はお当番《ばん》でおらぬ。それに直談判するなどと申しても、二百両なんぞと、とても……」

「そんなこたア、あたしの知ったこっちゃない。とにかく、こっちは保田さんから、ここに来て二百両返してもらえと言われてるんだ」

「何を打ち騒いでおるのだ！」

　横手から一喝したのは、十左衛門ら一行の先駆けを務めていた本間柊次郎である。

「妹尾さま！」

森田源太夫が救いを求めるようにそう言うと、それを契機に、森田ら組内の者らがいっせいに、騎馬の十左衛門のもとへと駆け寄ってきた。

「……せのおさま？」

何やら判らぬ邪魔が入って、座頭の種市はムッとした顔になっている。

そんな種市の様子を見て取って、十左衛門は馬上から種市に向けて声をかけた。

「幕府目付筆頭・妹尾十左衛門久継《ひさつぐ》である。そなたが保田庸蔵に金子を貸しておったという座頭どのか？」

「はい……」

と、種市は、声のするほうへと頭を下げてきた。

幕府の目付に「座頭どの」などと呼ばれて、逆に気勢を削《そ》がれたのかもしれない。

種市は、急に品が良くなったようだった。

「私《あたくし》でございます。種市と申しますので……」

「さようか」

やわらかい声でそう言うと、十左衛門はさっそくに本題に入った。

「して、種市どの。保田が昨日そなたがところに参ったというは、何刻《なんどき》のことだ？」

「寝入り端《ばな》を起こされましたんで、はっきりとは判らないのでございますが、たしか寝床に入りました時に、五ツ（夜八時頃）の鐘が鳴っておりましたような……」

「夜五ツか……。して、そなたが住もうておられるのは、どのあたりだな？」

「鮫ヶ橋《さめがばし》の谷町《たにまち》でございます。『惣兵衛長屋《そうべえながや》』と申すところにおりますが」

「さようか。鮫ヶ橋なら、四谷仲町《こ》とも、そう遠くはないな……」

独り言のようにそう言うと、十左衛門《こ》はいよいよ核心に入った。

「して、保田よりの報せだが、誰ぞ使いのような者が参ったのか？」

「いえ、そうではございません。保田さまご当人でございました。声がたしかに保田さまでございましたので」

「さようか……」

なら、保田は、まだ存外、近くに潜伏しているのかもしれない。

馬上から、すぐ脇にいる本間のほうへと目をやると、本間も同様に思ったらしく、小さくうなずいてきた。

その本間から、また種市のほうへと目を移すと、十左衛門はわざと何ともない風を装《よそお》って、種市に声をかけた。

「種市どの。ご苦労であったな」

「え……？」

いきなり言われて、種市は訳が判らず驚いたようであったが、十左衛門はいっこう構わずに、その先をこう続けた。

「いや、まこと、こうして話が聞けて助かったぞ。保田が昨晩、まだ江戸におったと判っただけでも見つけものだ」

「…………」

見れば、種市の顔つきは、すっかり不機嫌なものになっている。

自分は大縄地《ここ》に二百両返してもらいに来たというのに、森田との話の途中で横槍を入れられて、今また訳が判らぬままに、金を返してもらう話のほうは、はぐらかされてしまっているのだ。

「二百両、返していただく話のほうは、一体、どうなりましたので？」

「おう、さようであったな」

十左衛門は何ということもなくそう答えると、むくれている種市に向かって、朗《ほが》らかな声で訊ねた。

「して、保田がそなたに借りたは、何両だ？」

「…………！」

カッとしたのであろう。種市が顎《あご》を上げて、声のするこちらを睨むように、鼻筋や眉間《みけん》に皺《しわ》を寄せてきた。

「『二百は、二百』でございますよ！　さっきから、そう申し上げてるじゃございませんか！」

「さようなことはなかろう。今こちらが訊いているのは、保田が借りた元金《がんきん》のことだ。いつ、何両、そなたに借りたら、二百両にまで膨《ふく》れ上がるか、そこを訊ねておる」

「くっ……」

と、種市は悔しげな声を漏らしたが、それでも仕方ないとは思ったか、ふくれた顔で話し始めた。

「五年前、三両ほどから始まりまして、やれ五両だ、十両だと、今はもう元金だけでも八十三両でございますよ。おまけに、これまでちびちびと返してもらえたのは、利息ばかり……。天下のお幕臣でいらっしゃるというのに、真面目に元金まで返そうなどとは、きっと思いもしなかったのでございましょうな」

「なるほどの……」

八十三両の借金が二百両にまで膨れ上がるなどと、これまた随分と暴利をふっかけたものである。

実際あきれた話だが、座頭金には利率の上限はないのだから、仕方がない。今ここで「まけろ」と言っても、この種市が安くするとは思えなかった。

「なれば、どう、どこを転んで増えたのか、検証をせねばならぬ。そなた何ぞ、その書付《かきつけ》のごときを持参してはおらぬか？」

「貸付証文《しょうもん》なれば持ち合わせておりますが、他には何も、これといって書付なんぞはございませんな」

ツンと顔をそむけた種市に、だが十左衛門は、とんでもないことを言い出した。

「なれば、その証文を渡してもらおう。城へ帰って、勘定に詳しい者に検証させる」

「えっ？」

と、十左衛門の言葉に耳を疑ったのは、座頭の種市ばかりではなく、本間ら配下たちも、森田ら組内の者たちも同様であった。

金貸しにとって『貸付証文』は、完済してもらうまでは決してなくしてはならないもので、これを渡して燃やされでもしてしまったら、貸した証拠を失ってしまう。

その大事な貸付証文を、種市がこちらに渡してくる訳がなかった。

「せ、妹尾さま……」

森田が小さくそう言って、世俗の垢《あか》にまみれていないらしい「御目付さま」に教え立てをしていいものか否《いな》か、おろおろと困っている。

すると、前で種市が、「ふん」と鼻で嗤《わら》ってきた。

「一体、何をおっしゃいますやら……」

もうあからさまに、馬鹿にしきった声である。

「さすが江戸城《おしろ》の御目付さまは、金貸しなんぞにご縁がないやもしれませんが、これはあたしら金貸しにとっては、命の次に大事な代物《しろもの》でございます。『渡せ』と言われて『はい。そうですか』と、渡せるものじゃございませんな」

「いや、別に、支障はなかろう？」

平然として言い放つと、十左衛門は先を続けた。

「そなたが今、持参しているものなど、どうせ証文の写しであろうが。大縄地《ここ》の者らに遠目に見せて脅すため、写しを取ってまいったのであろう？」

「………」

悔しげに唇を嚙んだ種市が、自棄《やけ》になって、自分の懐から書付を取り出した。

「ご存分にお調べを……。ただし鐚一文《びたいちもん》もまけられません」

「なれば、預かる」

十左衛門が馬上のままでそう言うと、本間が心得て、種市から証文の写しを預かった。

「ふん」

種市は自分の手元から書付がなくなると、また悔しそうに鼻を鳴らしたが、最後は鋭く、こんな捨て台詞《ぜりふ》を吐いてきた。

「お調べはご存分で結構でございますが、あたしは明日も明後日も、二百両、坂下さまからすべてお返しいただけるまでは、毎日欠かさずお伺いいたしましょう。では、これで……」

さして役には立たなかった用心棒二人を引き連れて、種市が帰っていくと、その場に呆然として立ち尽くしていた与力の森田源太夫が、「はあ……」と、深いため息をついてきた。

「坂下が戻りましたら、何と言って話せばよいものか……」

森田は暗くうつむいている。

そんな森田源太夫が、十左衛門ら一同を屋敷に上げて話し始めたのは、坂下哲五郎の話であった。

「哲五郎というやつは、実に、義理堅《ぎりがた》い男にございまして……」

半年ほど前、保田が自分に莫大《ぼうだい》な借金があることを白状し、「もうどうにも首がまわらなくなったから、誰かの合力を受けて番代したい」と申し出てきた時、与力の森田以下、五人組の同心ら皆の頭に「番代の候補」として浮かんだのは、坂下哲五郎の家だったという。

森田の率いる五人組の者だけではなく、大縄地に住む組内の者たちは、皆、本当は今回の坂下哲五郎のように、自分の次男や三男を「保田庸蔵の番代」として、同心に入れてやりたいと願っている。

だが、たいていの者たちは今の家族を養って暮らしていくだけで精一杯で、とてものこと次男や三男の将来のために、何十両も金も貯めておくことなどできないというのが実情だった。

ところが坂下哲五郎だけは持筒三組のなかで一人だけ、次男が生まれたその年から、ずっとこつこつ金を貯め続けていたのである。

「ただそうは申しましても、決してあの哲五郎は、私ら組内の者らとの付き合いに金を惜しむようなやつではございませんでした。たしかに皆で呑みにまいりましても、自分が飲むのは一杯きりで、酒の肴もほとんど頼まずにおりましたが、なにせ明るく普通にしゃべっておりますもので、一人で浮くようなこともございませんで……」

組内に冠婚葬祭などがあれば、率先して手伝い、皆と同等に金も出す。

では何を切り詰めているのかといえば、非番の際には夫婦して昼飯を抜いてみたり、布団や下着は新調せずに、妻女がていねいに継《つ》ぎ接《は》ぎを重ねて使い続けていたりと、家族皆で懸命に、健気《けなげ》に節約を続けていたのだ。

「そうしたことは我ら五人組だけではなく、組内の皆が聞き知っておりましたので、このたびの保田の一件でも、番代を坂下の家に任せることに誰も異存はないようにございました。もっとも保田は借用証文のツケだけでも三十五両あまりもありましたので、哲五郎のほかには合力の金を出すことも叶いませぬし……」

「さようであろうな」

十左衛門もうなずいた。

こうして持筒三組にはめずらしく、しごく真面目で堅実な「坂下」という者がいて、組内のなかだけで無事に番代の候補を探すことができた訳だが、普通はなかなか小禄の御家人には何十両も貯めることなどできないから、外部《そと》から金持ちの子弟が入ってくることになる。

大名や高禄旗本が「うちの家来を幕臣にしてやろう」と考えたり、金持ちの商人が「うちの息子をお侍にしてやりたい」と願ったりして、保田のように幕臣を辞めたい者から「株を買う」形で新規の同心として加わってくるのだ。

そうして金に飽かして得体の知れない者が入ってくるより、もともと一緒に大縄地内に住んでいた坂下の次男のような者が仲間に加わってくるほうが、組内の者らとしては好ましい。

だが逆に保田庸蔵にしてみれば、正式な「合力金」として、ツケの三十五両あまりと札差への七十八両だけを、やっとの思いで片付けてくれた坂下に番代するより、「百五十両だ、二百両だ」と高額な金子を積んで、自分の同心株を買ってくれる金持ちのほうが有難いに違いなかった。

「それは判っておりましたので、哲五郎は庸蔵に、別に五両を渡してやっておりました」

「ほう。では五両、よけいに用立ててやったという訳か？」

「はい」

と、森田はうなずいた。

「もとよりツケの三十五両も、こつこつと貯めた分だけでは賄《まかな》えず、残りは自分の家の札差から借りましたようで……。庸蔵にやった五両も、おそらくは札差からの借金で作ったものにございましょう」

「さようであろうな……」

うなずいて、十左衛門は沈思した。

やっと作った三十五両に、もう五両、餞別《はなむけ》としてこしらえて、それで済んだかと思ったら保田家の札差に七十八両が見つかり、そこもどうにか交渉して、次男が被《かぶ》る借財の形で、この先も父子して借金を返していこうと思った矢先の「座頭金の二百両」なのである。

今はまだ勤めの当番にはげんでいる坂下哲五郎が、帰ってきてこの報せを耳にしたら、絶望的な気持ちになるのは火を見るより明らかだった。

「むろん私も精一杯に『合力』してやるつもりでございますが、森田家《うち》の札差もほかと同様とにかく渋うございますので、どれだけ出してもらえますことか……」

与力の森田がそう言うと、先日も顔を見た森田の班の五人組仲間が二人、いかにも何か言いたそうに目を上げたが、すぐにやめて、うつむいた。

たぶん「自分も合力してやるつもりだ」と、言いたかったのであろう。だがきっと直後に自家の家計事情を振り返って、「そんな金など、一体どこからひねり出すつもりだ？」と、自分で自分を押さえたに違いなかった。

そうしてできた沈黙が目付としても辛《つら》くてならず、十左衛門は「今、大縄地の皆《こ》《こ》には、ただの慰めにしか聞こえぬであろう」と承知しながら、こう言った。

「とにもかくにも、この貸付証文《しょうもん》を勘定《かんじょうばたけ》畑の者に見せ、利息の上乗せに反論できる術《すべ》はないか、訊ねてまいる。あの種市のことゆえ、明日もまた執拗《しつよう》に催促に来ようが、目付方《こちら》から再度報せが来るまでは、くれぐれも短気を起こさず辛抱《しんぼう》してくれ」

「はい」

と、それでも、森田たちは顔を上げてうなずいてきた。

「まことお手数《てかず》をおかけいたします。どうぞよろしゅうお願いをいたしまする」

「うむ……」

二百両という額の重さが、ずっしりと背中に来るようである。

その暗い重みに耐えながら、十左衛門は森田の屋敷を後にするのだった。

七

「いや、これはまた……」

呆れた声でつぶやいたのは、目付の佐竹甚右衛門である。

今、十左衛門は目付方の下部屋で、勘定に強い佐竹にさっそく貸付証文を見てもらっている最中で、すぐ後ろには徒目付の本間も、佐竹の話を聞くために控えて座っている。

寄る年波で、十左衛門と同様、いささか目が遠くなり始めている佐竹は、腕を伸ばして証文を見ていたが、ほどなく最後まで読み終えて、ため息をついていた。

「して、佐竹どの、どうだ？　どうもこう、高利であるのは儂《わし》にも見て取れるのだが、『礼《れい》』だ『踊《よう》』だと書かれておるのが、いっこう判らん」

「いや、ご筆頭。まさしくその『礼』と『踊』とが、悪辣なのでございまして……」

種市が保田庸蔵に宛てて詳細を記した貸付証文は、佐竹のように見る能力《ちから》のある者が見れば、驚いて目を剝くほどに悪辣な代物であった。

まずは一ヶ月分の利息だが、借りたい元金の二割と、実に高い。

おまけにその『月利』に『礼金《れいきん》』が加算され、証文に『礼』と書かれたその礼金が、こちらも元金の二割なのである。

つまりは、ここで、もうすでに「元金の四割増し」になる計算だが、種市は、

「もとよりこの保田には、すぐには利息も元金も払えないに違いない」

と値踏みして、実際に貸し出す金額は、元金から月利と礼金分の四割を差し引いた額しか出さなかったらしい。

「いや、驚いたものだな」

思わず十左衛門がそう口に出すと、

「いえ、ご筆頭。ここからが、実に仰天《ぎょうてん》でございますので……」

佐竹が始めてくれたのは、返済の期日についての「からくり」であった。

種市は一回ごとの借金の返済期日を「三ヶ月後」と設定していたが、実際、保田が三ヶ月後までにすべて返し終わっていない際には、その残金に、また二割の月利と、二割の礼金とを加えて貸し出しの元金とし、新規の借金として書き替えてしまうのだ。

「ここで『踊』でございますが、こうして期日に返さない客がございますというと、『月踊《つきおど》り』などと称しまして、一月《ひとつき》・二割の月決めの利息を、次の一月《ひとつき》分も先んじて一緒に払わねばならない形にして、制裁を加えるのでございます」

「『月踊り』か……。ひどいものだな」

「はい……」

と、佐竹も顔をしかめた。

「この『踊』で増えました額が、三月《みつき》後の期日過ぎには、また新規に書き替えられて、そこに二割ずつの月利と礼金とが加わるのですから、借り手に完済《おわり》はございません。保田の八十三両が、二百両に化けますのも、無理からぬ話で……」

「さようさな……」

十左衛門は、ため息をついた。

こんなやりたい放題に金貸しするのを許していては、今回の保田庸蔵ばかりではなく、つい困って、種市のような悪辣な貸し手の座頭金に手を出してしまった者は、地獄を見ることと相成ろう。

「やはり、これは早急に『御用部屋《ごようべや》（老中や若年寄の執務室）』の上つ方にもお報せし、座頭金の利率について制限をせねばならぬな」

「はい……」

と、佐竹も答えたが、後を続けてこうも言った。

「しかして、どうでございましょうか。古《いにしえ》より、幕府は目の不自由な者らの救済として、金貸しで儲けることを黙認しておりまする。こたびの報告をしましたとて、それを直ちに『座頭金の取り締まりの好機』と、お考えいただけますかどうか……」

「うむ……。なれど、目付方《こちら》が上申せねば、いつになっても何も動かぬ」

「いやまこと、さようにございますな」

佐竹も大きく、力強くうなずいている。

すると、それまでじっと黙って控えていた本間柊次郎が、

「ちと、よろしゅうございましょうか」

と、後ろから声をかけてきた。

た。

「んっ？」

「どうした？」

　十左衛門ら二人にいっせいに振り返られて、本間は少し気後《おく》れしたように首を縮めた。

「保田庸蔵当人のことで、ちと気になることがございまして……」

「何だ？」

「はい……」

　十左衛門に促されて、本間はまだ迷っている様子ながらも、話し始めた。

「以前の調査《しらべ》でも判りました通り、保田という男は、なかなかに利口な男でござります。酒や遊女《おんな》で遊びます際にも、『もうここではこれ以上、ツケは許してもらえぬだろう』というギリギリまで遊びまして、その先は平気で別の店に移り、また一からツケをためるような輩にてございますので……」

　そんな「自分の得《とく》」には、鼻も利《き》き、頭もまわるような小悪党が、いくら座頭金に手を出したとはいえ、ここまで種市のやりたい放題に「喰い物にされたままでいる」というのが、どうにもピンとこないというのだ。

「さようでござるな……」

感心しているのは佐竹甚右衛門で、佐竹はこの案件の初っ端《しょっぱな》に立ち合っていたから、十左衛門も折々、佐竹には経緯を話して聞かせている。

そんな訳で佐竹も、保田庸蔵という男については「これは一癖《ひとくせ》ありそうな……」と、かねてから評していたのだ。

「いや、まこと本間の申す通りで、たとえば利息をつけられるにしても、『何がどうして、こんなに利息をつけられねばならぬのか？』と、必ず訊き返すに違いないて」

「さようさな……」

うなずいて、十左衛門も沈思し始めた。

なるほど保田は、自分の損得を算盤《そろばん》ではじくのは、しごく得意なのだろう。

たとえば遊女屋などでも、最初のうちは「金払いのいい客」を装うために、たぶん他所《よそ》から借りてでも、きっちりと払うに違いない。そうでなければ、「金のない馴染み客」など、遊女屋が良い顔をして遊女の部屋に通す訳がないのだ。

「柊次郎」

「はい」

こちらに顔を上げてきた本間に、十左衛門は真っ直ぐに向き直った。

「鮫ヶ橋の種市の周辺《まわり》は、すでに探っておるのであったな？」

「はい。中江に幾人か配下をつけまして、種市のあとを尾行《つ》けさせておりまする」

「よし。なれば、これより、そなたが直《じか》に指揮を執《と》り、種市と保田との関わりの具合について調べてくれ。今ことに知りたいのは、保田が何ゆえ座頭金なんぞに手を出したかということだ」

「いや、なるほど！」

勇んで口を出してきたのは、佐竹甚右衛門である。

「この種市の商いの様子であれば、鮫ヶ橋では『悪党』で名が通っておりましょうし、保田がむざむざ『損するほうへ借りに行く』とは、思えませんからな」

「さよう。端《はな》っから、保田と種市の間には、何ぞかあるのやもしれぬ」

「まことに……」

と、佐竹は大きくうなずいている。普段、佐竹は勘定方の監査ばかりで、ほかの案件には関わっている暇がないから、たまにはこうした勘定畑ではない案件の捜査も、愉しいのかもしれなかった。

そんな目付二人に出立の挨拶をすると、本間は鮫ヶ橋のあたりにいるはずの中江たちと合流するため、一足先に下部屋を出ていくのだった。

八

本間柊次郎が「頭」となった鮫ヶ橋の調査は、実に完璧なものだった。

今年で五十二歳になったらしい種市が、もう二十年近くも、今の鮫ヶ橋の長屋に暮らし続けていることや、妻子もなく独り身なこと、親兄弟や親類縁者との関わりもなさそうなこと、酒も好きだが、岡場所遊びは更にいっそう大好きなことなど、丸一日と経たぬ間に調べ上げたのである。

そうして翌日の晩には、すでに「保田と種市が出会ったのであろう遊女屋」に見当《あたり》をつけていた。

内藤新宿の町場のなかでは、「あそこは器量良しの妓《こ》が多い」と評判の遊女屋で、保田庸蔵と種市は、お互い馴染みの遊女の部屋が空くのを待ちながら、待合《まちあい》の小座敷で世間話をするうちに、飲み仲間になったようだった。

そんな調査のあれこれを、本間が十左衛門のもとに報告に来たのは、三日目の朝のことである。

十左衛門は目付方の筆頭として、普段、何ぞ特別な用事もないかぎりは、できるだけ朝早くから目付部屋に居るようにしている。

明け六ツ（午前六時頃）過ぎには、その日の当番目付二人と、前夜からの宿直《とのい》番の目付二人が、夜間、城内に異常がなかったどうかの申し送りをするため、筆頭として、なるだけその申し送りを一緒に聞くようにしているのだ。

そうした十左衛門の日常をよく知っている本間は、本格的に忙しくなる前の早朝を狙って、報告に来たという訳だった。

「なれば、その遊女屋の待合で知り合《お》うた、ということか……」

大縄地の組内のなかでは無口で通っている保田が、そうやって歓楽街では、存外、赤の他人とも社交的に世間話までするということである。

どうも、やはり「保田という男は得体が知れない」と考えていると、そんな十左衛門の思考を断って、本間柊次郎がこう言った。

「けだし、知り合いになったその時期が、ちと面白うございまして……」

「時期とな？」

「はい。店に通いで勤めております下足場《げそくば》の老爺《ろうや》に聞いたのでございますが、保田と種市が初めて待合で一緒になりましたのは、まだ一年経つや経たずの、今年春先だそうにございました」

「なに？　なれば、種市が申した『五年前の三両が借金のし始め』というのは、まるきりの嘘ではないか」

「さようで……」

にんまりと、めずらしく本間柊次郎が、茶目っ気を見せている。

その本間に笑って見せると、十左衛門は明るく言った。

「よし。なれば、これより支度を整えて、北町奉行所に向かうぞ。種市の捕縛については、やはり是非にも『和泉守《いずみのかみ》さま』にご相談をせねばならぬ」

「ははっ」

十左衛門が口にした「和泉守さま」というのは、北町奉行・依田《よだ》和泉守政次《まさつぐ》のことである。

十年以上の長きに亘《わた》って町奉行を務めている依田和泉守は、市井《しせい》に住む町人たちの実情も、幕臣ら武家が守らねばならぬ建前も、二つ同時に飲み込んで「最善の答え」を見出そうとしてくれるような人徳者である。十左衛門にとっては、尊敬すべき人物の一人であった。

その「和泉守さま」の尽力で、種市が町方（町奉行方の役人）の手によって捕縛されたのは、同日、昼下がりのことであった。

種市は『当道座』の座員ではあるが、身分としては町人だから、通常は捕縛も取り調べも、町方が行わなければいけないことになっている。

だが今回の場合、種市と揉めているのは幕臣である大縄地の者たちで、おまけに種市が書いた貸付証文が、「いまだ幕臣身分のまま」である保田庸蔵にあてて書かれているものだから、幕臣を監察する目付方側も事件の捜査をせねばならない。

そうした際、町方と目付方・双方ともに取り調べに出席できる場として『評定《ひょうじょう》所《しょ》』を使うことも多いのだが、今回はすでに本間が調査を済ませ、その内容のすべてを、先日、町奉行所に出向いた十左衛門が、和泉守に直に報告し終えてあるため、種市の身柄は町方に預けて、そちらで白状させることに相成った。

一見すれば、手柄をすべて町方に取られたような形である。

だがそれは、実は十左衛門の目論見《もくろみ》の一つであった。

あの種市とは、目付方はすでに森田の屋敷の門前で話をしたから、ある程度までは種市に、こちら《こちら》の手の内も読まれているに違いない。

ならば、いっそ「和泉守さま」にお頼みし、町奉行所の取り調べとして種市に脅しをかけてもらえれば、種市のほうでは予想もしていなかった町方からの責めだから、案外、取り乱して、真実を白状するかもしれないと考えたのだ。

その目論見は見事に当たり、種市の捕縛から数日の後には、町方から目付方へ向けて正式に、事件の全容が報告されてきた。

本間や中江が苦労して調べてきた通り、種市が初めて保田庸蔵に出会ったのは、今年の春、遊女屋の待合でのことだった。

つまり、種市が書いた二百両の貸付証文は、まるっきりの出鱈目《でたらめ》だったのである。

損得に鋭い保田は、やはり種市の高利な座頭金にはいっさい手を出してはおらず、八十三両の元金の話も、利息を合わせた二百両の話も、すべてが嘘だった。

今年の春に知り合って、そのまま飲み仲間となった保田庸蔵が、「実は借金がかさんで、番代しなければならない」と口にしたのは、初夏の頃だったという。

その居酒屋で、保田はめずらしく泥酔して、さんざんに大縄地の者らの悪口を言い募《つの》ったらしい。

まずは酒には強い体質の父親や自分が、何かというと「おぬしは酒が翌日に出ぬから、羨ましい」などと言い立てられて、組内の者らとの宴会があった翌日には、必ず誰か二日酔いで動けなくなった同心《もの》の代理として、勤めの当番に出なければならなくなる。

父親や自分とて深酒をした翌日にはだるさが残り、動きたくないのが実情で、「明日は非番で、ゆっくりできる」と思うから、深酒もするのである。

それでも亡くなった父親は、どこまでも人が好い性質《たち》だったから、いつも笑って、誰かと当番を代わってやっていたが、庸蔵は、いざ自分が同心となって、幾度もそうした扱いを受けているうちに、図々《ずうずう》しい組内の者らのことが、心底、嫌いになってきたという。

第一、「同じ大縄地に住んでいる」というだけで、何かがあると、自分には関係なくても駆り出されて、労力ばかりか金までも徴収されるのが我慢ならない。

今は亡き両親《ふたおや》がずっと守ってきた家なのだからと、仕方なく何とか勤めだけはこなしてきたが、その鬱憤《うつぷん》を晴らすべく、外部《そと》に飲み仲間や馴染みの遊女を作って遊ぶうちに、膨大な借財もこしらえてしまったのである。

ならばもう、いっそ保田家の同心株を売り払って大金を手に入れて、それで借金を返した後は、残った金を懐《ふところ》に入れて、心機一転、武士の身分などにはこだわらず、飲み仲間のようにどこかの大名家あたりの武家奉公でもしようかと、保田は考えていたらしい。

だがいざ与力の森田に「暇乞《ひまご》い」を願い出ると、森田をはじめとした五人組の者たちが、何だかんだと横槍を入れて、保田の都合などいっさい訊かずに、「坂下の次男に番代する」と決めてしまい、坂下哲五郎が合力の形で、保田《こちら》のツケを片付け始めてしまったのだ。

五十を過ぎて、世間をよく聞き知っている種市の話によれば、

「持筒組の同心株なら、金持ちの商人あたりを相手に売れば、上手くすれば二百両、悪くても百五十両にはなる」

という。

ならば、その恨みを、森田や坂下をはじめとした組内の者らから二百両取ることで晴らしてやろうと、保田と種市は入念に計画を練って、今回の証文騒ぎを起こしたということだった。

姿を消してずっと見つからずにいた保田庸蔵が、本間や中江ら配下たちの手によって捕縛されたのは、種市が保田の潜伏先を白状してしまったからである。

保田庸蔵が匿《かくま》われていたのは、種市が金を貸している小店の煙草屋《たばこや》で、本間たちがいきなり押しかけて捕縛した時、保田は店奥の小部屋で包丁を持って切り台に向かい、売り物の煙草の葉を細く刻んでいたという。

その包丁を持ったまま、保田は大暴れしたらしい。

だが本間柊次郎は、目付方のなかでも一、二を争う剣術の達人だから、保田に籠手《こて》

を打って包丁を叩き落とし、難なく捕まえたそうだった。

「何でも保田は、しごく上手に細く葉を刻めるそうでな。匿《かくも》うていた煙草屋の夫婦は、ずいぶんと保田を有難がっていたらしい」

今、十左衛門が事件の全容を話して聞かせてやっているのは、森田源太夫をはじめとした坂下ら五人組の者たちである。

いつものように森田の屋敷に坂下ら五人組を呼び出して、そこで話しているのだが、どうやら未だに保田庸蔵を自分らの仲間内だと思っている節があり、皆それぞれに複雑な面持ちになっている。

それが証拠に種市に関する話をしている間は、皆こちらに目を上げて、時折はいかにも「納得した」という風にうなずいてきたりもするのだが、保田庸蔵の話題になると一変して、皆うつむいてしまうのだ。

そんな気の好い一同が好ましくもあり、哀れでもあったが、目付としては皆が一刻も早く平常心に立ち戻り、持筒組として日々のお勤めに邁進《まいしん》できるよう指導するのが、そのお役目なのである。

少し荒療治であるかもしれないが、十左衛門はわざと話を選んで、言い出した。

「晴れて二百両せしめた暁には、保田と種市とで百両ずつ山分けにいたして、それぞれに江戸を離れる心積もりであったようだぞ」

「さようにございますか……」

ようやく森田が返事をしてきたが、見れば、森田と並んで座している坂下哲五郎は、両膝の上に乗せた拳《こぶし》をぎゅっと握っている。

その坂下の握り拳を、横手から森田がポンポンとなだめるように軽く叩いて、次には十左衛門《こちら》に向き直って訊いてきた。

「種市は、どうなりますので？」

話題を保田から移そうと思ったのかもしれない。

そんな森田の誘いに乗って、十左衛門は話し始めた。

「種市は『当道座』の者ゆえ、仕置《しお》きの沙汰《さた》を幕府が勝手に決める訳にはいかんでな。今は和泉守さまがかねてよりお知り合いの鍼医《はりい》の家に、預けの身となっておる」

当道座は、神君・家康公との取り決めにより、あたかも一つの藩のごとく、座中の自治が認められている。

それゆえ種市のように座員である盲人が罪を犯しても、幕府はその事件について調べることができるだけで、その者を裁くことはできないのである。誰か信頼できる座員の自宅で罪人を預かってもらい、京にある当道座の本部から、その罪人の仕置きについて決定が下るまで、ただ待つしかできなかった。

今回、種市の身柄を預かってくれているのは、北町奉行の依田和泉守の知り合いである。

日頃、和泉守が身体の不調を治してもらっている鍼医者の永山検校《ながやまけんぎょう》という方で、「検校」と呼ばれる盲人は当道座のなかでも位《くらい》の高い座員だから、種市を預かってもらうには、これ以上はない適任者であった。

「永山検校の話では、『おそらくは、終生、島流しとなるであろう』ということであったが……」

つとそこで止めると、十左衛門は、努《つと》めて淡々と先を続けた。

「保田は今日、御用部屋よりのご裁断で、『切腹』と決まったぞ」

「……切腹、でございますか？」

訊ねてきたのは森田ではなく坂下のほうで、見れば、こちらを凝視して、少しく身も乗り出している。

その凝視や乗り出しからは、坂下が切腹のお沙汰を「当然」と思っているのか、「いや、そこまでしなくとも……」と考えているのか読めなかったが、どちらにしても、保田の切腹のお沙汰は揺るがない。

切腹と決まったのは、保田がまだ幕臣であるからで、もしこれが保田の「暇乞い」を正式に認めた後だったら、町人身分の者に対する仕置きと替わり、「切腹」ではなく「打ち首」となる。どちらにしても、保田が死罪《しざい》となることに変わりはなかった。

だがそれは、今さら十左衛門《こちら》が口に出さずとも、皆判っているだろうと思われた。

「増次郎が番代も、近く正式に『お許し』が出るであろう。同心に欠員が出て久しいゆえ、すぐにも組に加われるよう、今から支度を始めておくがよいぞ」

「ははっ」

与力の森田を先頭に、坂下ら同心たちも平伏してきた。

その皆の背中を眺めながら、十左衛門は沈思していた。

こうして一種、「朴訥《ぼくとつ》」といってもいいほどに、大縄地の日々の生活《くらし》を精一杯に守ろうと、皆が互いに何かを少しずつ我慢しながら、労わり合ってきたのであろう。

こんな大縄地での生活に息が詰まって、保田のように反感を持つ者も少なくはないのかもしれない。

だが大縄地《ここ》が、幕府の隊の一つである持筒組の拝領地であるかぎり、日頃より互いに親睦を高め、「いざ戦《いくさ》」という際にも変わらず潤滑に動けるようにしておくことは、必須なのだ。

その意味での「頼もしさ」を、十左衛門は目付として、改めて感じていた。

「哲五郎」

「ははっ」

坂下は、急に「妹尾さま」に名のほうを呼ばれて、驚いたようだった。

見れば、ほかの者よりも、また一段平伏を低くして、這いつくばるような形になっている。

その坂下哲五郎に、十左衛門は声をやわらげて、こう言った。

「増次郎が新規に同心としてお取り立てになれば、長男《あに》より先に禄をいただき、一家を構えることとなる。新参同心となる次男の言動が案じられて、いちいち面倒を見たくもなろうが、それはなるだけ、ここにおる仲間に頼り、親のそなたは長男を忘れずに見てやっておれ。そこを蔑《ないがし》ろにいたすと、のちのち坂下家《いえ》に皹《ひび》が入るぞ」

「ははっ。有難きお言葉、この哲五郎、生涯忘れはいたしませぬ」

「うむ」

と、十左衛門はうなずいた。

「したが哲五郎、そなた隠居など早々に考えるなよ。儂とて、まだまだ働かねばならぬのだ。そなたは儂よりは若い。借財を持つ身となって辛《つら》かろうが、動けるうちは存分に働けよ」

「ははっ」

哲五郎はまた返事をしてきたが、どうやら泣いているらしく、声がくぐもっている。

すると、さっそく哲五郎の男泣きにつられた森田が、涙で汚れた顔を上げて、こちらに礼を言ってきた。

「お有難うございまする。これで、この哲五郎の頑張りも報われましょうて……」

「はい」

顔を上げられぬままで哲五郎が返事して、十左衛門は、それからほどなく大縄地を後にした。

気がつけば、今日は冬にしては暖かで、馬の上でも寒くはない。

何も言わぬが、こちらの横について歩きながら、上機嫌に口元をゆるませている本間柊次郎の横顔を、十左衛門も嬉しく見つめるのだった。

第二話　下馬所《げばしょ》の守護《まもり》

一

江戸城の正門である『大手門《おおてもん》』の前には、「下馬所」と呼ばれる待合用の大広場がある。

下馬所というのは字の通り、馬に乗って登城してきた武士たちが馬を下りる場所で、大手門をくぐった先は上様のおわします江戸城の内《なか》なので、騎馬のまま入城することは許されないのだ。

「ここから先は馬を下り、徒歩《とほ》で入ってくるように」

ということで、『下馬』と書かれた立て札が立てられており、駕籠《のりもの》に乗ることが許されている大名や役高五千石以上の高官の役人と、老齢や病《やまい》で足が不自由な者以外は、すべて自分の足で歩いて入城しなければならなかった。

武家は大名も旗本も御家人も、日常の出勤や何かの式典などで江戸城に登城してくる際には、必ず自分の家臣たちを「お供《とも》」として連れてくる。

だが武家の当主は、その供の家臣のほとんどを、下馬所で馬を下りる際に馬と一緒にその場に残し、大手門より内部には、ごく少人数の家臣しか連れて入れぬ決まりになっていた。

登城してくる武家たちが、それぞれに家臣を大勢連れてきてしまうと、城内が人であふれ返って、邪魔で仕方がないからである。

家格によって、むろん多少の違いはあるのだが、主人から何か急用を命じられた際に対応するための若党と、主人の着替えや身の周り品を入れた『挟箱《はさみばこ》』持ちの中間《ちゅうげん》、また城内には下駄箱がないため主人の草履《ぞうり》を保管しておく『草履取り』の中間など、必要最小限の人数に絞られるのだ。

必定《ひつじょう》、他の家臣たちは下馬所に残り、主人が仕事を終えて下城してくるまで、何刻（一刻＝約二時間）も下馬所で待っていなければならない。

立ったまま待っているのも大変だから、『下座敷《げざしき》』と呼ばれる厚手の筵《むしろ》を地べたに敷いて座ったり、長く座っているのも大変だから立ち上がって、そこらをぶらぶら歩きまわったりもすることになる。

たとえば二万石の大名家なら登城の際の供揃えは五十人くらい、七、八百石の旗本でも十人くらいは連れてくるから、下馬所は男たちでいっぱいであった。

毎日、大勢の人が集まると判っていれば、その人出《ひとで》を目当てに商売をしようとする者が現れて、蕎麦《そば》や団子、茶などといった屋台店が、下馬所近くの路上などに集まってくる。

そうした屋台で買い喰いなどもしながら、男たちは家中《かちゅう》の者どうしで話をしたり、他家の家臣たちに声をかけて交流したりと、下馬所は日々、大にぎわいであった。

だがその男たちの社交場と化していた下馬所のなかにあって、少しく異彩を放っていたのが、家禄二千石の旗本・小原《おばら》家の家臣たちであった。

十人いる目付のなかの一人、小原孫九郎長胤《まごくろうながたね》の供揃えの者たちである。

通例、二千石の家格の武家が出勤に連れてくる家臣の数は、二十人前後というところ。『侍《さむらい》』とか『若党《わかとう》』などと呼ばれる武士身分の家臣を四、五人ほどと、騎馬で出勤する当主の『馬の口取り』に、『槍持《やりも》ち』『長刀持《なぎなた》ち』『草履取り』『挟箱持ち』といった幾人もの中間たちに加えて、予備の馬も二頭くらいは引き連れて出勤するから、その馬たちにもそれぞれに口取りの中間をつけて面倒を見させている。

小原家でも、十分の家臣である若党五名を頭格《かしらかく》として、その下に中間十六名の総勢二十一名が、日々の出勤の供揃えとなっていた。

その二十一名のうち、若党二人と草履取り一人、挟箱持ち一人の四名だけは、必要最小限の供として、主人である小原について大手門をくぐっていくのだが、ほかの家臣は馬と一緒に残される。

今日も残された十七名の家臣たちは、下馬所の一角を陣取って、下座敷の筵を広々と敷き伸べ、整然と並んで座していた。

三名の若党を最前列に、二列目に六名、三列目に五名と居並んで、あと三名は三頭の馬の口取りをしながら、皆が座る下座敷の脇に並んで立っている。

そうした形は他家のお供の者たちも同様で、家禄によって人数の多少はあるものの、「下座敷を敷いて、皆で並んで座る」とか、「馬は口取りの中間が世話をして、基本は下座敷の横に並ばせて、なるだけ立派に見えるようにする」など、おおよそ決まってはいるのだが、唯一、他家と小原家とが決定的に違うのは、小原家の家臣たちは何刻でも動かずに座わり続けていることだった。

まるで大きな陣遊《じんあそ》びの人形のようである。

下座敷から立って歩くとしたら、下馬所の一角に設けられた厠《かわや》へと向かうだけで、昼食を取るにも、皆、屋敷からそれぞれに握り飯の弁当と水筒とが渡されてあるから、それをおのおの用意して、そのまま座して喰うだけであった。

そんな小原家家中を遠く眺めて、ぶらぶらと買い喰いをしている男たちが世間話を始めた、ある日の昼時のことだった。

「いや、今日もまたお見事に、小原さまのご家中は並んでござるな」

「まことに……。あれでよう、足が痺《しび》れぬものだ」

「そうそう！　誰ぞ厠に立たれる時を、ご覧あれ。ものの見事に、すくりと立って、歩いていかれる。拙者など、あれだけ長く座っておったら、足が痺れて転げるぞ」

「さよう、さよう。拙者もまあ、その口だ」

「ははは」

小原家が「目付の家」なのは判っているから、皆はっきりと馬鹿にできる訳ではないのだが、要は、その頑《かたく》ななまでの生真面目さを指差して、笑いのネタにしたいのである。

だが、そんな男たちにドンと後ろからぶつかって、逃げていく者があった。

「やっ！」

と、ちょうど喰おうと手にしていた稲荷寿司を、ぶつかられたはずみで取り落とした男が、腹を立てて振り返った。

すでに遠くへ駆け去っていくその男は、四十がらみの中間だったようである。だが程なくそれに続いて、どこかの家中と見える若党たちや中間たちが、逃げていくその男を追って駆けつけてきた。

「頼む！　その男を捕まえてくれ！」

「え？」

そんなことを言われても、すでに男は、だいぶ遠くまで逃げている。

すると驚いたことに、ずらりと並んで座っていた小原家の家中が、ザッとばかりにいっせいに立ち上がり、「それッ！」という中央の若党の号令で、軍隊のように動き始めた。

「二手に分かれいッ！」

「はっ」

号令をかけている中央の一人と、馬を押さえている口取りの三人を残して、見る間に残りが真っ二つになった。

「よし、行け！」

「ははっ」

六、七名ずつ二手になった小原家の隊は、広く左右に広がっていったかと思うと、逃げようといる男の行く手を阻《はば》んで、あっという間に捕まえた。

「加藤《かとう》さま、捕らえましてござりまする！」

「よし。連れてまいれ」

「ははっ」

小原家の隊の者たちに「加藤さま」と呼ばれているのは、先ほど皆に号令をかけていた士分の『侍』である。その「加藤さま」のもとに、逃げていた男が連れられてきた時であった。

「いや、かたじけない。まことにもって、助かり申した」

そう言って駆け寄ってきたのは、さっきからこの男を追っていた、どこかの家中の若党たちである。

だが「加藤」は、なぜかすぐには引き渡さずに、礼を言ってきた若党たちに向かって、名乗り始めた。

「幕府御目付・小原孫九郎が家臣、加藤伊左衛門《いざえもん》と申す者にてござる。卒爾《そつじ》ながら、ご貴殿らお二方《ふたかた》は、どこのご家中の何というお方であられるか？」

「…………」

名を訊かれた若党二人は、互いに顔を見合わせながら、黙り込んでしまっている。

どうやらあまり『目付』の家臣に、主家《しゅか》や名を知られたくないようだった。

「何ぞ名乗られるに、ご支障のほどがあられるか？」

「そ、そうではないが……」

否定はしたが、さりとて、主家も名も言わない。だがその割には図々しく、自分たちの言いたいことは、主張した。

「とにかく、その中間をお渡し願いたい。そやつは名を『長七《ちようしち》』と申して、我が主家の中間だった男だが、二月《ふたつき》前、そやつは主家に仇成《あだな》して出奔《しゆつぽん》いたしたのだ」

「さようにござるか」

加藤は淡々と話を聞き取ると、今度は捕まった中間に向き直った。

「おぬし、名を何と申す？　まこと『長七』に相違ないか？」

「は、はい……」

「うむ。して、おぬし、今の主家はどちらだ？」

未だいっこう詳しい事情は判らないが、こんな下馬所《ところ》にいたのだから、やはりどこか別の武家に、中間として雇われているには違いなかった。

「どうした？　おぬしも主家が言えぬのか？」

加藤が凄《すご》むと、長七は蚊《か》の鳴くような声で、仕方なくこう言った。

「吉川《よしかわ》さまでございます」

「吉川さま？　どちらの吉川さまだ？」

「『徒頭《かちがしら》』をお務めの、吉川孝一郎《こういちろう》さまで……」

徒頭というのは番方の頭格の一つで、歩兵の隊を率いる役高・千石の旗本職であった。

「うむ。して、吉川さまのご家中はどこにおられる？」

「あそこでございます」

長七が素直に指差してきたのは、ここからはかなり離れた、下馬所の端《はし》のほうである。遠目に見るかぎりでは、皆、普通にのんびりと過ごしているから、おそらく吉川家の者たちは、自家の中間であるこの男が追われていたことにも気づいていないようだった。

「相判《あいわか》った。……では、頼むぞ」

「ははっ」

加藤に「頼む」と言われた小原家の若党の一人が、心得たように吉川家のもとへと駆けていく。おそらくは「おたくのご家中の中間を預かっている」と、伝えに行ったたものと思われた。

そうしてどんどん事が運んでしまうのに困っているのは、長七を追いかけてきた主家も名も名乗らぬ若党たちである。

「いいから、早く渡してくれ」

「いや、さような訳にはまいらぬのだ」

凛《りん》として加藤は言い放つと、そのあとをこう続けた。

「我が主君・小原孫九郎は、幕府より御目付の職を任じられている者。御目付の職は万事に公平を期さねばならぬゆえ、すべて仔細が判明し、『なるほどこれはお引渡しが妥当であろう』と、正規に御上が認めるまでは、どちらのお味方もさせていただく訳にはまいりませせぬ」

「……ちっ！」

下品に舌打ちしてきたのは、名も知れぬ若党のうちの一人である。

「おい。もう行くぞ」

「ああ」

加藤の使いに出た者が、吉川家の家中らしき侍を連れて近づいてきたのを見て取って、名乗らぬ家の家中の者たちは、わざと人混みに紛れるようにして逃げていく。

一方、吉川家との交渉は、実に少しの問題もなく、すぐに済んだ。

吉川家が渡り中間として長七を雇い入れたのは、つい十日ほど前のことであり、下馬所で他家の家中に追いかけられて、よりにもよって目付の家中に捕まった渡り中間など面倒なばかりゆえ、

「どうぞ、なにとぞ小原さまに、よろしゅうお伝えのほどを……」

と、吉川家に対する目付の印象が悪くならないことだけを気にして、長七をその場で解雇してしまったのである。

そんな訳で「長七」と名乗るその中間は、逃げぬよう腰に細縄をかけられた上で、小原家の若党二人に連れられて、一足先に番町《ばんちょう》にある小原家の屋敷へと送られていったのだった。

二

小原家の古参の家臣、加藤伊左衛門の判断は、主人である小原孫九郎を大いに満足させるものだった。

安直にどちらか一方の主張を鵜呑みにせずに、

「目付は公平が信条であるから、事件《こと》の仔細がきっちりと判るまでは、どちらのお味方もできかねる」

と、加藤が突っ張ってきたことが小原にはしごく痛快であったらしく、城から戻ると夕餉《ゆうげ》も取らず、さっそくに長七を訊問すべく足を向けたのである。

長七が留め置かれているのは中間用の小部屋の一室で、見張りも二人、さっき下馬所から長七を引き立ててきた若党たちが、そのまま任に就いている。

今日の騒動の一部始終を知る加藤伊左衛門やその見張りの若党二人を同席させて、小原は長七と向かい合った。

「目付の小原孫九郎である。そなた『長七』と申すそうだが、そなたを追っていたというのは、一体どこのご家中だ？」

「牛込《うしごめ》にお屋敷がございます『山根茂治郎《やまねしげじろう》さま』のご家中でございます。山根さまは『御勘定組頭《おかんじようくみがしら》』をなさっておいでてございまして」

と、なぜか長七は、やけにあっさり向こうの名も住まいも役職も口に出して、微塵も屈託《くつたく》はないようである。

加藤から下馬所での一部始終を聞いていた小原は、そのあまりの屈託のなさに、いささか拍子抜けがしていた。

「して、そなた、以前、山根家の中間をいたしていたというのは、まことのことか？」

「はい」

と、長七は、これにも素直にうなずいてきた。

「山根さまには、ご先代のお殿さまの頃から二十二年、ずっとご奉公いたしておりました」

たしかに長七は、見たところ四十がらみという風だから、二十歳前後から勤めていれば、二十二年という月日も計算《かんじょう》は合う。

長七の声には「俺はそこらの渡り中間とは違うんだ」とでも言いたげな、自慢の風も聞き取れて、それがかえって小原の気に触《さわ》ったようだった。

「なれば、その二十余年も勤めた山根家から、何ゆえに追われておるのだ？」

「それは……」

とたん長七は、もごもごとし始めた。

「何だ？　申してみよ。何でも山根家のご家中は、そなたがことを『家に仇成す不《ふ》忠者《ちゆうもの》』と、そう申しておったそうではないか」

「不忠者だなんぞと、そりゃ、とんでもないことでございます！　あっしはただ奥方さまに言われて、若さまを……」

と、そこまで言いさして、長七はあわてて先の言葉を飲み込んだようだった。

「ん？　どうした？　その『若さま』なる者をいかがいたしたというのだ？」

「………」

だが長七は、今度は「何も喋るまい」とばかりに下を向いて、とにかくもう眼前にいる小原から精一杯に目をそらそうとしているようである。

いくら待ってもいっこう返事もしてこずに、ただただ身を縮めている長七の様子に、

「馬鹿者！　疾《と》く、先を申さぬか！」

と、とうとう小原の雷が落ちた。

「そなた今、おのれがここに捕らえられておることを、一体、何と心得ておるのだ？　畏れ多くも江戸城《しろ》の門前を騒がせた廉《かど》で、訊問《しらべ》を受けておるのだぞ。何事も包み隠さず、疾く申せ！」

「はいッ」

小原の剣幕におののいて平伏すると、長七はその格好のまま、喋り出した。

「今からは、もう二月《ふたつき》ほど前になるのでございますが……」

まだ長七が山根家で中間をしていた二ヶ月ほど前のこと、昼日中、いつものように

長七が庭の掃除をしていると、めずらしく「奥方さま」である山根初枝《はつえ》が、離れになった奥座敷の襖を開けて縁側から顔を出し、庭にいる長七を呼び寄せて、こう言ってきたというのだ。

「長七、おまえ、今からすぐに漣太郎《れんたろう》を連れて、深川《ふかがわ》の矢部《やべ》のお屋敷に向かっておくれ。仔細はこの文に書いたから、矢部の伯父《おじ》さまにはこれを読んでいただけば大丈夫。とにかく今すぐ大急ぎで、誰も帰ってこないうちに山根家《ここ》を出てちょうだいな」

漣太郎というのが、くだんの「若さま」で、今年五歳になった山根家の嫡子のことである。

一方「矢部のお屋敷」というのは、初枝からすれば母方の実家であり、亡き母の長兄である六十二歳の「矢部の伯父さま」は、今はもう矢部家の当主の座を退いて、隠居生活を送っているそうだった。

「して、何ゆえに『今すぐ出ろ』と急《せ》かされたのだ？　『誰も帰ってこぬうちに』というのは、どういう意味だ？」

長七の話のなかで小原が一番に気になったのは、そこである。

すると長七は、平伏したままでくぐもった声を、さらに小さく聞こえづらくして、ぼそぼそと言い出した。

「あの時は真っ昼間でございましたので、お殿さまもお供衆《ともし》の皆さんも、まだ江戸城《おしろ》にお出でてございましたので……」

「なに？　では奥方は、夫のご当主にも内緒で、お子を伯父御《おじご》に預けられたということか？」

「はい……」

「…………」

小原は目を丸くした。

どうもいま一つ事情がよく判らないが、やはり妻女が勝手に山根家の嫡男を、自分の伯父の屋敷に預けてしまったということなのだろう。

「では何か？　今日、山根家のご家中が、そなたを『家に仇成す不忠者』として追うていたのは、そうして皆に内緒でご嫡子を連れ出したからか？」

「はい、さようで」

「ふむ……」

どうにもまだ不可解で、小原は顔をしかめていた。

「して、そなたは、何ゆえに奥方が、お子を預けられたか聞いておるのか？」

「いえ。ご事情は文に書いたとおっしゃっておられましたし、深川のご隠居さまも、あっしには何もおっしゃいませんでしたので……」

「さようか……」

小原は仕方なくうなずいて見せた。

「なれば、夫婦喧嘩のごときものなのやもしれぬな。したが山根家には、ご先代はおられぬのか？」

先代の隠居夫婦がいるのなら、嫁が勝手に嫡男を自分の親戚に預けようとしたりすれば、そのまま黙って見送りはしないだろう。

すると小原の予想を超えて、長七は答えてきた。

「山根の家は、奥方の『初枝さま』のお家《いえ》でございまして……」

「え？」

と、小原は驚いて、つい長七の話を止めて、訊き返していた。

「では、なにか？　ご妻女のほうが、家付きか？」

「はい」

長七は驚いている小原に構わず、どんどん先を続けて言った。

「先代の大奥さまは、初枝さまが赤ん坊の頃に亡くなられているそうで、先代のお殿さまは、ずっと初枝さまと二人でお暮らしでございました。初枝さまのところに今のご当主の『茂治郎さま』がお婿《むこ》にいらっしゃいましたのは、もうかれこれ十二、三年は前でございましょうか……」

初枝に婿を迎えるとすぐに、先代は婿の茂治郎に家督を渡したのだそうで、その「ご隠居さま」も幾年にもわたる長患《ながわずら》いの末、三年前に亡くなったそうだった。

「さようか……」

ではやはり今の山根家には「先代」といえる者はなく、当主夫婦と子供しかいないということになる。

すると、そうしてこれまでの話を頭のなかでまとめていた小原に、「あの……」と、前で長七が、またも驚くような内容を伝え始めたのだった。

「実は、ご隠居さまがお亡くなりになられたとたん、茂治郎さまは、山根家のご家中の皆さんを首になすったのでございまして……」

「なに？」

いよいよ目を丸くした小原に、長七はうなずいてきた。

「ご家中のお侍さまは、昔は五人おりましたのでございますが、今はたったの三人でございます。あっしは中間でしたので、お給金も高が知れておりますし、首にはならずに済んだのでございますが」

ただ今回、奥方の初枝に頼まれて、訳も判らず「若さま」を「深川のご隠居さま」のところへ連れていったら、初枝の文を読み終えた隠居に、こう言われてしまったという。

「もうおまえは山根の家には帰れぬから、私がどこか、よい奉公の先を探してやろう。本当は矢部家《うち》で雇ってやりたいが、茂治郎の手前、そうもいかない。可哀相だが事情《はなし》をのんで、他家《ほか》で勤めてやってくれ」

初枝の伯父はそう言って、奉公先が決まるまでの間は自分の屋敷内でかくまってくれて、今からつい十日ほど前に、長七にとっては驚くほど大身《たいしん》の旗本家である「吉川家」に繋ぎをつけてくれたのだそうだった。

そこまでの長話を終えて、長七はため息をついて黙り込んでいる。

その長七に、小原は先を要求した。

「どうした？　して、ほかに、何ぞないのか？」

「もうございません」

「…………」

小原は苦《にが》りきった。

どうも、聞けば聞くほどに、事情が判らなくなってくる。

つと前を見ると、まるで「自分の役目は終わった」とばかりに、長七はぼーっとしていた。

「おい」

小原はいささかムッとして、前で黙り込んでいる長七に、声をかけた。

「この先の事情を聞くには、どちらが良いのだ？　山根のご妻女のところか？　それとも伯父御のいる深川か？」

「それはもう、深川のほうがよろしゅうございますかと」

「さようか」

「…………」

長七は、変わらず下を向いている。

それでも今ははっきりと「深川のほうが……」と言い切ったのだから、本当はその他の事情も知っているのに違いないが、もう何も喋らないと決めているらしい。

こんなところが、存外、二十年余も同じ家に勤め上げた中間なのかもしれないと、小原はあきらめるのだった。

三

山根初枝に「矢部の伯父さま」と呼ばれた人物は、矢部三郎右衛門《さぶろうえもん》という家禄四百石の旗本の隠居であった。

十年ほど前に家督を息子の代に譲り、今は隠居生活を送っているのだが、現役の頃には幕府武官のなかでも武威のある『新番方《しんばんかた》』で、役高・六百石の『新番組頭』を勤めていたほどであったため、隠居となった今でも矢部家のなかでは絶大な発言力を持っている。

「そんな次第でございますから、初枝も伯父の私を頼って、漣太郎を預けてきたのでございましょうが……」

矢部家を訪ねていった小原を前にそう言ったのは、当人の矢部三郎右衛門であった。

さすが武官を長く務めていただけあって、六十二歳になった今でも筋骨隆々とした体躯の持ち主である。

さっき目付の小原を自ら客間へと案内した際にも、小原には一等上座の席を勧めておいて、自分はずずっと下座の敷居近くまで、鮮やかな身のこなしで下がって控えたりもしていて、礼法に厳しい小原をしっかり満足させている。

そんな矢部三郎右衛門であるから、何事も包み隠さず、正直に答えていた。

「長七が持ってまいりました『初枝の文』というのが、こちらでございまして」

「うむ。なれば、拝見いたそう」

矢部がうやうやしく掲げるようにして渡してきた文を受け取ると、小原はさっそく目を通し始めた。

「いや、何と……！」

小さく声を上げたのは、小原である。読み進める途中で思わずそう呟くほどに、文の内容は慮外《りょがい》な代物であった。

初枝の夫である山根家の当主・山根茂治郎が、出世を熱望して猟官運動にばかり金をかけてしまうため、五歳の男児である漣太郎にすら、満足に滋養のある食事を摂《と》らせてやれないというのだ。

家計の紐を握っているのは家長の茂治郎で、初枝にはいっさい金を預けてはくれぬため、毎日飯と味噌汁ばかりの漣太郎に、魚だの卵だの何か栄養をつけさせてやりたいと思ったら、初枝が自分の着物や諸道具などを質入れして金を工面するしかなく、だがそうして換金できる品物も底をついてしまったそうだった。

おまけに茂治郎という男は、出世を望んでいることもあり、しごく外面《そとづら》は良いのだが、そうして外でさんざんに気を遣う分、家に帰って当たり散らす悪癖があるという。

妻女の初枝や家臣たちにはむろんのこと、まだ五つの漣太郎にも、何か少しでも気に入らない言動があると、暴言を吐いて手を上げたり、物を投げたり、ひどい時には腹でも背中でも蹴り飛ばしたりするのである。

漣太郎に暴力が向く際には、必ず初枝が身を挺《てい》して庇い、盾となってはいるのだが、そうして初枝が殴られたり、蹴られたりしていれば、やはり五つの子供は泣くから、その泣き声がさらに茂治郎の怒りを煽《あお》って、母子ともに暴力を受けるはめになってしまう。

そんな毎日が続いているせいか、ここ数ヶ月ほど前から、漣太郎の様子がおかしくなってきたらしい。

茂治郎の声を聞いたり、姿を見たりしただけで、身を縮めてガタガタと震え出すし、日中、茂治郎が出仕していて屋敷にいない間も、まるで人形のように感情のない表情《かお》で、何もせずただ何刻も座り続けていたり、寝転がったりしている。

漣太郎が心身に異常をきたし始めているのは明らかで、初枝は毎日そんな漣太郎を精一杯に撫でさすってやったり、抱きしめてやったりしていたそうなのだが、それで漣太郎の状態が良くなってくる訳ではなく、「これはもう、とにかく今は、山根家《ここ》から逃がしてやったほうがいいだろう」と考えて、こうして伯父を頼ってきたということだった。

「さようであったか……」

仔細が綴られた長い文を読み終えて、小原は深いため息をついていた。

幼子を胸に庇って、自分が殴られたり蹴られたりする母親の姿が、目に浮かぶようである。おそらくは一人で悩み続けたその後に、「やはり伯父さまにお願いしよう」と、ようやくに心を決めて書き綴ったのであろう初枝の筆跡は、いかにも女人らしいやわらかな印象のものであった。

「いや、まこと『母』と申すは、かようなものでござろうな」

そう言って、しみじみと小原がその筆跡を眺めていると、

「はい……」

と、矢部三郎右衛門も大きくうなずいてきた。

「けだし初枝の山根家《とこ　ろ》には子ができませんでしたので、漣太郎は一昨年の春、遠縁より貰い受けた養子にございまして」

「なに？」

小原は目を丸くした。

「では、姪御《めいご》どのの産んだお子ではないのでござるか？」

「はい。山根の家は、もとより初枝が一人娘でございましたゆえ、初枝が十八になるのを待ちまして、婿を取ったのでございます。その婿が井村《いむら》家の次男坊にてございました茂治郎で……」

家禄二百石の井村家は先祖代々『勘定方』で勤めており、茂治郎が婿に来た当時は、長子の兄が井村家の家督を継いで平《ひら》の『勘定』役となり、先代である茂治郎たちの両親はすでに隠居となっていた。

一方、山根家のほうは、家禄としては井村家より格上の三百石であったが、初枝の父親で当主であった信左衛門《しんざえもん》は、無役の『小普請《こぶしん》（無役の者が加入する組合のようなもの）』であったという。

「この信左衛門が井村の家の茂治郎をいたく気に入りまして、『娘の婿に……』と決めてまいったのでございます」

当時、二十三歳だった茂治郎は、卓越した算術の腕を買われて、勘定役の見習いとしてすでに出仕《しゅっし》を果たしており、自身が無役から抜けきれないことを悩んでいた信左衛門は、茂治郎の将来性を喜んでいたそうだった。

「したが、人柄についてはいかがであったのだ？　今日《こんにち》のごとき粗暴の風は、やはり当時は見て取れずにおられたか？」

「はい。それはもう……」

大きく幾度もうなずくと、矢部は身を乗り出すようにして言ってきた。

「当時どころか、こたびの一件がございますまで、まさか初枝が婿どのに、かように虐《しいた》げられていたとは夢にも思いませず……。茂治郎の正体《まこと》を見抜けずにおりましたのは、私も、信左衛門と同様にてござりまする」

外面の良い茂治郎は、親戚である矢部家にも時節の挨拶は欠かさずにいたし、三年ほど前の三十五歳になった年には、見事、平《ひら》の『勘定』役から、役高・三百五十俵の『勘定組頭』に出世もして、当時はもう病の床に就いていた信左衛門を喜ばせたものだった。

「私が出世の祝いを申そうと信左衛門を見舞いました時にも、それはもう、手放しで喜んでおりました。『やはり自分の眼に狂いはなかった。良い婿を引き当てた』と、病で痩せ細った顔をほころばせて涙を流すものでございますから、私も、つい貰い泣きをいたしましたほどで……」

「ほう。なれば、信左衛門どのがご存命の頃には、婿どのも大人しゅうしておったということでござるな」

「はい」

と、矢部はうなずいて、その先をこう続けた。

「妹は初枝を産み落として程なく亡《の》うなったのでございますが、山根の家に嫁に行きましてから五年目の、まだ二十二にてございました」

「いや、二十二で亡《の》うなられたのか？」

予想以上の若さに驚いて、思わず小原が訊き返すと、「はい……」と、矢部は寂しそうに目を伏せた。

「ちょうど私が矢部家《とこ ろ》にも、三男が生まれたばかりでございましたゆえ、すぐにこちらに引き取りまして、妻が初枝と倅《せがれ》とを、まるで双子のようにして育てておりました。その妻も八年前に亡うなりましたが、うちは息子ばかりのせいもあり、初枝がことは、本当に娘のように可愛がっておりましたので……」

その初枝がこんなにひどい目に遭っているというのだから、自分の命と引き換えに初枝を産んだ妹も、「初枝、初枝」と、何かというと矢部の屋敷に呼び寄せては母娘《おやこ》のように過ごしていた自分の妻も、どんなにか嘆いているに違いなかった。

「初枝のため、山根の家のために、まこと、これから先を、一体どうしてやればよいものかと……」

長い話をそう結んできた矢部三郎右衛門の言葉に、

「何を申されておる？　それは決まっておるであろうが」

と、小原は少し憮然とした顔つきになった。

「今日にでも、その茂治郎とか申す婿どのが城から戻ってくるのを待ち受けて、『この後は、誓ってこうしたことはせぬように』と、屹度《きっと》叱りつけるがよろしかろうて」

「はい……。けだし、矢部家は山根家にとっては姻戚《いんせき》でございますし、先代の信左衛門が当主でおりました頃なども、こちら《こちら》から押しかけていくというのは、なるだけ控えておりましたので……」

生まれてすぐに初枝を引き取り、乳離れがすっかり済んだその後も、やはり幼い間は大半を、初枝は矢部家で過ごしていたそうだった。

家禄三百石の山根家はもちろん、四百石高の矢部家にしたところで、大身の大名家や旗本家とは違うから、赤子に飲ませる乳さえ出れば、わざわざ高い賃金を払ってまで乳母《うば》を雇ったりはしない。

もとより女中も一人か二人しか雇えないから、世話や子守りを手伝わせることはあっても、基本的には妻女が自ら子育てするのが当たり前で、実母の顔を知らない初枝にとっては、実際「矢部の伯母さま」が母親だったのである。

それゆえ幼い頃などは父親の信左衛門が迎えに来ても、「帰りたくない！」と泣いてぐずって、伯母にべったりとしがみつき、仕方なく初枝を残したまま信左衛門が一人で帰っていったことも多かったそうだった。

「そんな次第でございますから、こちらがあまり大きな顔で出入りをすれば、『初枝を育ててやった』と恩を売るようでもございますし、あまり騒いで、山根家の親戚筋にまで知れ渡りますと、漣太郎の実家の耳にも入ることになりましょうから……」

漣太郎の実父は、初枝の又従兄《またいとこ》だそうである。

幕府は武家に直系の血筋以外からの養子は認めておらず、たとえば初枝夫婦が養子を取るのなら、それは必ず山根家の血筋の者でなければならない。婿として他家から入った茂治郎の血筋はむろんのこと、矢部家から嫁に来た初枝の実母の家系の者も、山根家の養子にはなれなかった。

それゆえ初枝は、養子探しに大変な苦労をしたそうで、普段はあまり付き合いのない又従兄の「山根家」から、ようやく四男の漣太郎を貰い受けることができたらしい。

「姻戚でも構わないというのであれば、矢部家《うち》にもおるのでございますが、山根家は、先代の信左衛門も弟が一人いるだけで、初枝は一人娘でございます。漣太郎の他には、養子の当てはございませんので」

　これでもし漣太郎の実家にこたびの一件を知られてしまい、「そんな物騒なところに、可愛い倅を置いてはおけぬ。返せ！」などと言われたら、山根家は跡継ぎを失って、将来《さき》は取り潰しになってしまうのである。

「そうしてあれやこれやと考えますというと、実際、何をどうやって初枝を助けてやればよいやら判らずでございまして……」

「ふむ……」

　と、小原は顔をしかめた。

　ここまで黙って聞いてはきたが、矢部の話は聞けば聞くほど、うだうだと面倒で、小原にすれば「何をそんなに怖がっておるのだ？」と、一喝《いっかつ》したくなってくる。

だが唯一、矢部の長い話のなかで「さもあろう」と納得したのは、漣太郎の両親に「返せ」と言われるかもしれないという一点であった。

　たしかに実の親なら、まだ五つの我が子が満足に食事も与えてもらえず、殴る蹴るの暴行を加えられているなどと聞かされれば、「今すぐに漣太郎を返せ」と言ってくるに違いない。

　だが今や、その漣太郎自身は初枝の機転で、すでに矢部家に避難させてあるのだ。

「して、漣太郎と申すそのお子の様子は、いかがでござる?」

小原が訊くと、矢部三郎右衛門は、ふっと顔つきをゆるめた。

「もう二月《ふたつき》も経ちますゆえか、おかげさまにて、だいぶ元気になりましてございまする。うちには孫たちもおりますので、皆で仲良う遊びまわるようにもなりまして」

「おう、さようでござるか。それは重畳《ちょうじょう》……」

小原も心底ほっとすると、いよいよもって先を進めるべく、こう言った。

「なればもう、案ずることもないではござらぬか。お子が元気になったなら、あとは婿どのの性根を叩き直せば済むことだ」

「いや、ですが……」

そう簡単にはいかないと言いたげな矢部に向かって、

「よい、よい」

と、小原は鷹揚にうなずいて見せた。

「姻戚の貴殿が表立っては何かと角《かど》も立とうゆえ、ここは目付の拙者に任せてもらうがよろしかろう。『婿どのがしっかと改心したと判るまでは、養子のお子は返さぬぞ』と、貴殿が代わりに拙者がとくと叱りつけておくゆえ、ご安心めされ」

「……はい……」

デンと上座に鎮座した「御目付さま」にそう言われて、矢部は反論をあきらめたようである。

こうしてかなり強引な形で、こたびの山根家の一件に小原が介入することになったのだった。

四

山根家の屋敷は、牛込《うしごめ》に広がる武家町のなかにあった。

茂治郎が城から戻っている時刻を狙っていかねばならないから、訪問は夜になる。

不意打ちを喰らって、山根茂治郎はひどく驚いたようであったが、それでもさすが出世《うえ》を目指しているだけはあり、突然の目付の訪問にも礼を失さず、対応していた。

「こたびは、うちの家中がつまらぬことでご面倒をおかけしておりまして、まことにもって申し訳ございませぬ」

山根茂治郎の口上に、小原は「うむ」とうなずいた。

矢部家を訪問した際と同様で、小原は客間の上座に通されているのだが、茂治郎が矢部三郎右衛門と決定的に違うのは、「胡麻《ごま》を擂《す》られている」という印象が否めない点である。

今も山根茂治郎は下座も下座、小原のいる客間の外の廊下にまで出て、敷居を前に小原《こちら》へとひれ伏しており、まるで上様に謁見でもするかのような大仰《おおぎょう》な扱いに、さすが礼法に厳しい小原も、食傷気味になっているところであった。

「おい、そなた」

「はっ」

声をかけるたびごとに、いちいち茂治郎は平伏し直してくる。

今こちらには、こうして鬱陶《うっとう》しいほどに礼を尽くしているこの男が、一皮剝《む》けば、女子供に殴る蹴るの暴行を働いているのかと思うと、小原はまた改めてむらむらと腹が立ってきた。

「おい、胡麻を擂るのもたいがいにせぬか！　かように遠く離れておっては、満足に話もできん。近う寄れ！」

「ははっ！」

茂治郎は平伏の形のまま、文字通り這いつくばって、敷居をこちらの座敷のなかへと乗り越えてくる。

そんな男の背中を半ば睨みつけながら、小原は訊問し始めた。

「元家中の中間・長七と、漣太郎どのを預かっておられる矢部三郎右衛門どのより、すでに事の仔細は聞き知った。そなた、ご妻女や漣太郎どのに何かと暴行を加えておるそうだが、それに相違ないか？」

「………………」

と、一瞬、茂治郎は息をのんだ。

「では、漣太郎は、無事なのでございますね」

そう言って茂治郎は、いかにもほっとしたという風に、小さくため息をついている。そんな茂治郎に、小原は険しい顔のままながらも、「さよう」と、うなずいて見せてやった。

「矢部どのが屋敷の皆で、大事に世話してくれたゆえ、今では元気に遊びまわるほどにまで回復をしたそうだ」

「いや、さようでございましたか……」

茂治郎は「良かった、良かった」とでも言わんばかりに、穏やかな笑顔を見せてくる。今、小原《こちら》がはっきりと「そなたの暴行のせいで気を病んでいた五つの子供が、矢部どののおかげで元気を取り戻したそうだ」と言ったというのに、まるで自分のせいではないような顔をしている『山根茂治郎』というこの男に、小原はとうとう堪忍袋の緒を切った。

「馬鹿者ッ！　何が『さようでございましたか』だ。回復せねばならぬようなことをしたのは、そなたであろうが！」

もとより小原はどちらかといえば短気な上に、礼儀も道理も人一倍重んじる性質《たち》だから、こうしてのらりくらりと、自分のしたことを棚に上げて平気でいられる神経の図太さが許せない。

見れば、茂治郎は何を考えているものか、遠い下座の上がりがまちで、またも平伏している。その平伏の背中がかえってわざとらしく、不誠実なものに感じられて、小原はますます腹が煮え立ってきた。

「おい、何ぞ話さぬか！　おぬし何ゆえ女子供に手を上げる？　縦《よ》し申し開きの類《たぐ》いがあらば、言うてみよ！」

小原が激して言い放つと、ずっと反論せず黙っていた茂治郎が、小さくこう言ってきた。

「……『躾《しつけ》』と思うておりました」

「なに？　今、おぬし『躾』と申したか！」

小原の声は誰が聞いても「怒り心頭」という風であったが、そんな目付に対して茂治郎は、「はい」と今度は顔を上げてきた。

「ようやく見つけた養子ゆえ、妻の初枝は何かにつけて、漣太郎に甘《あも》う接してございました。あれでは将来《さき》に良かろうはずはございませんので」

「…………！」

憤然として、小原は茂治郎を睨みつけた。

どこまでも喰えない男である。矢部に宛てられた初枝の文を見るかぎり、茂治郎が妻や子に与えた暴力はイライラのはけ口で、とてものこと「躾」と呼べるようなものではない。

だが小原《こちら》は、目付である。

何事も常に公平公正な目で判断を下すのが信条であり、たとえこうして腹が立っても、安易に私情に流されてはいけないのだ。

自分のなかで激しく燃え盛る怒りの炎を必死になって抑えると、小原は静かにこう言った。

「なれば、ご妻女のほうからもお話をうかがわねばならぬ。お待ちするゆえ、今この場にお出ましを願おう」

「………………」

わずかに沈黙の刻《とき》があり、茂治郎はさまざま考えをめぐらせているものか、その顔からいっさいの表情が消えた。

だがそれはほんの一瞬で、早くも茂治郎の目には、また何やら色が宿り始めてきたのである。

「承知いたしました。今これより奥から初枝を呼んでまいりますゆえ、しばしお待ちのほどを……」

朗《ほが》らかにそう言って席を立とうとした茂治郎を、小原は一蹴した。

「馬鹿を申すでない。おぬしが一人で呼びに入って何とする？　奥にてまたご妻女を脅しつけ、『目付がいるから、余計なことを言うな』と申せば、それで終いではないか」

「…………」

立ち上がりかけたまま小原《こちら》を鋭く眺めていた茂治郎が、開き直るように、再び畳に腰を据えてきた。

「なれば、いかがいたしましょう？」

「うむ。目付方《こちら》にて、今、見張りをつけるゆえ、それとともに奥に参れ」

そう言うと、小原は客間外の廊下で待たせてある供の徒目付《かち》の一人に声をかけた。

「欣太夫《きんだゆう》」

「ははっ」

小原に名を呼ばれた四十がらみの徒目付・芹沢《せりざわ》欣太夫が、廊下から襖を開けて顔を出した。

「お話のほどは、うかがいましてござりまする」

芹沢は小原に頭を下げると、次にはもう山根茂治郎に向き直って、こう言った。

「なれば、お呼びを……」

「…………」

茂治郎は返事をせず、今度ははっきりと芹沢に怒りの目を向けた。

自分は今、役高・三百五十俵の勘定組頭であるから、小原のように役高が千石で、それも「幕臣を監察するのが役目」の目付には、面と向かって歯向かうことはできない。

だが今、「欣太夫」と呼ばれたこの男は、目付配下の「ただの徒目付」に過ぎないのであろうから、役高・百俵の御家人である徒目付ごときに、旗本の自分が指図される謂《いわれ》はないのだ。

ムッとした顔をそのままに、芹沢の言葉を無視して立ち上がりもしない茂治郎に、短気な小原の雷が落ちた。

「何をいたしておる！　疾《と》く呼んでまいらぬか！」

「……はい」

不承不承《ふしょうぶしょう》、茂治郎は立ち上がった。

早くも芹沢は構えていて、廊下に出てきた茂治郎の後ろに、ぴたり添う。その芹沢を振り返って睨みつけながら、山根茂治郎は歩き出すのだった。

五

「妻の初枝にてござりまする」

茂治郎に紹介されて、襖の外の廊下で手をついて頭を下げてきた山根初枝は、見たところ三十半ばという風であった。

だがとにかく、痩せている。

もともと色白ではあるのだろうが、青白さが度を越していて、健康を害しているのは一目瞭然であった。

「目付の小原孫九郎である。本日は、伯父御の矢部三郎右衛門どのより仔細をうかがってまいった次第だ。して、どうだな、初枝どの。そなた、身体の具合は大丈夫か？」

さっき茂治郎と話していた時とは一変、小原は精一杯に声をやわらげて、まだ敷居の向こうにいる初枝のほうに、半ば身を乗り出している。

それというのも、どうやら初枝の顎《あご》から首にかけて痣《あざ》が広がっているらしく、おそらくは結構前にやられたものか、黒ずんで見えるのだ。

すると、しばし黙っていた初枝が、細い声で答えてきた。

「はい。私はいつも通りで何も変わらず、平気なのでございますが……」

と、いかにも含みを持たせて言い止んだ初枝の気持ちが透けて見えて、小原は優しく、にっこりと笑って見せた。

「漣太郎どのがことでござれば、もうすっかり元気になり、矢部どののお孫衆《まごし》たちと遊びまわっておられるようでござるぞ」

「あ……」

と、小さく息をのむようにした初枝の目が、じわじわと潤んできたのが見て取れた。

「お有難う存じます。それをうかがえれば、もう……」

そう言って、流れてくる涙を見せまいと下を向いた初枝を、すぐ横で茂治郎が淡々と眺めている。

文《ふみ》から想像した通りの夫婦の様子に、改めて小原は、初枝が可哀相《かわいそう》でたまらなくなった。

「案ずることはない。こうして目付の儂が来たからには、婿どのには屹度申し付けて、これより後は、そなたにも漣太郎どのにも、二度と手は上げさせぬ。この先も折々、配下を遣わして、しっかと約定《やくじょう》が守られておるか否かも見て取るゆえ、安堵して母子仲良う暮らすがよいぞ」

「…………」

だが初枝は、さっきからずっと変わらず、うつむいたままである。「これでようやく安心して暮らせる」と、また涙しているのかもしれない初枝を、小原は自身も嬉しく見守っていた。

「……あの、御目付さま」

「ん？　どうしたな？」

小原が身を乗り出すようにして真っ正面に顔を覗くと、初枝はスッとその視線から目をそらせながら、こんなことを言い出した。

「私《わたくし》、伯父に勘違いをさせてしまったようなのでございますが、私も、漣太郎も、別に山根に手を上げられている訳ではないのでございまして」

「…………？」

目を丸くした小原に、初枝はまた改めて、両手をついて頭を下げてきた。

「お騒がせをいたしまして、本当に申し訳も……」

「いや、待たれよ。そなた、文にははっきりと『殴る蹴るの暴行が続いて、漣太郎どのがおかしくなった』と書かれておったではないか」

「いえ。私、そのようには……」

「いや、したが、矢部どのより、たしかに……」

まさか初枝がこんな形で出てくるとは夢にも思わず、小原が対処に困っていると、横手からやけに爽やかに茂治郎が声をかけてきた。

「おおかた誰ぞ別の者が、初枝や私を貶《おとし》めんとして書いたものにてございましょう。ですがまあ、こうしてお疑いが晴れましたならば、別にいっこう……」

見れば、茂次郎は勝ち誇るように、笑みを浮かべている。

「…………」

苦りきって、小原は口を歪めるのだった。

六

　翌早朝の目付部屋でのことである。

「まったくもって、何が何やら訳が判らん！」

と、さっきから愚痴を言い散らしているのは、小原孫九郎であった。

　ちょうど今日が当番で、明け六ツ（日の出頃）前に出仕してきた小原は、ともに当番を務める桐野仁之丞《きりのじんのじょう》や、前夜からの宿直番《とのいばん》で部屋にいた赤堀小太郎《あかほりこたろう》と西根五十五郎《にしねいそごろう》の三人を相手に、昨日の山根家での一件を話して聞かせていたのである。

「茂治郎とか申すあの婿め、へらへらと薄ら笑いをしおってからに！」

　小原にすれば、ごく単純に「可哀相な初枝ら母子を助けてやらねば……」と思って出張っていったというのに、その先で当人の初枝に梯子《はしご》を外されてしまい、憤懣やるかたなしといったところなのである。

「ではございますが小原さま、やはりそのご妻女にしてみれば、夫が横で睨みを利かすその席で、目付方《こちら》に助けを求める訳にはいきますまいし……」

　そう言ったのは、桐野仁之丞である。

桐野は十人いる目付のなかでは一番歳が若いのだが、頭が切れて、自分が年少であるのを自覚しながら常に上手に口を利くため、礼儀に厳しい小原にしてみれば、「桐野どのは歳こそ若いが、しっかりなさっておられる」と、目付の同僚のなかでも気に入りの一人なのである。

一方で桐野のほうも、短気で直情型だが、万事、言動に嘘も裏もない先輩の小原を「人間《ひと》として」慕っており、この最年長と最年少の組み合わせは、なかなかに相性が良いようだった。

「したが桐野どの、外部《そと》から救うてやるのであれば、実際、あの場で真実《まこと》のところを注進してくれねば、こちらとて救えぬぞ」

「はい。そこはたしかに、さようなのでございましょうが……」

言いように困ったらしい桐野に助け舟を出すようにして、「小原さま」と今度は赤堀が口を挟んできた。

「私どうも、よう判らぬのでございますが、結句、そのご妻女は『漣太郎を逃がしたのは自分だ』と、すでに夫に白状していたのでございましょうか？」

「それよ、それ！」

と、いきなり話に加わってきたのは、西根五十五郎である。

「小原さまから『子は矢部家にいる』と聞かされて、『なれば漣太郎は、無事なのでございますね』とその婿が口走ったというのなら、おそらく妻女の初枝とやらは、まだ夫に隠していたということでござろう。さすれば、また昨夜あたりは、折檻《せっかん》を受けていたやもしれぬ」

西根は普段、何かと皮肉や嫌味ばかりを口にして、それを自身も愉しんでいる癖《ところ》があるのだが、それでいて本当に弱い立場の者には、しごく優しい。

そんなこともあって、昨日、小原が怒りに任せて考えなしに、「漣太郎は矢部家にいる」と矢部の名を出してしまったり、「そなた妻子に暴力をふるっているであろう?」と、暴行の事実が目付方にまで知れ渡っていることを安易に示唆してしまったりしたことを、本当は責めたいのである。

とはいえ、小原に他意も悪意もないことは判っているし、すでにもう昨日の時点で言ってしまった訳だから、今更しつこく責め立てたところで、どうにもならない。

それゆえさっきの西根の物言いも、自然、中途半端なものになり、赤堀の言葉の尻に乗っかって、ああして口にしてはみたものの、直《じか》に小原に文句を言いはしなかったのだ。

だが一方、当人の小原のほうは、今更ながらに真っ青になっていた。

「いや、これはいかん。まこと、西根どのの申される通りでござるぞ……」

独《ひと》り言のようにそう言うと、一転、小原は桐野に真っ直ぐ向き直って、こう言った。

「桐野どの、ちと江戸城《しろ》のほうをば、頼めるか？　すまぬが、急ぎ、牛込の山根家まで出張って、様子なりと見てまいりたいのだが……」

「さようであれば、今日は一日、私が代わりに、当番を相務《あいつと》めましょう」

横手から朗らかに申し出たのは、赤堀小太郎である。

「桐野どのと二人、城は守っておきますゆえ、どうかご安心を……」

「いや、そうしていただけると有難い！」

赤堀の手を取って両手で握ると、小原は幾度も礼を言ってから、急いで目付部屋を出ていった。

あとに残されたのは、桐野に赤堀、そして西根の三人である。

「いや、見事に、飛び出していかれましたね……」

つい桐野が思ったままを口に出してしまい、言ってしまったその後で、自分の口を押さえて反省している。

すると今度は西根五十五郎が、隣にいる赤堀を振り返って、こう言った。

「『私どうも、よう判らぬのでございますが』とは、よく言ったものだ。既《すんで》のところで、吹き出すところだったぞ」

「ですが赤堀さまがああして切り出して、西根さまがそれを契機に意見してくださらねば、私など、どこからどう話せばよいものやら……」

そう本音を出したのは桐野で、つまりは三人とも、さっき小原の愚痴を聞き進めていくうちに、「これは放っておく訳にはいくまい……」と、それぞれに考え始めていたのである。

「けだし西根さま、実際どうなのでございましょう？　こたびのような旗本家中《かちゅう》の内紛に、ああして目付が口を出しても構わぬものなのでございましょうか？」

赤堀が言い出したのは、目付としての「職分」のことである。

いくら幕臣の旗本ではあっても、山根家は一つの武家として、その内政に関することは、すべて当主を中心に山根家の家中で行うべきものなのだから、小原のように横手から目付が口を出すということ自体「いかがなものか？」と、そのあたりが気になっているのだ。

すると、そうして引っかかっているのは桐野も同様だったようで、赤堀の問いに西根が答えてやるより先に、口を挟んできた。

「私も、実はそのあたりのことも、気にはなったのでございますが……」

と、桐野もやはり、先輩目付である西根のほうをはっきり向いて、その答えを待っている。

「ほう……」

二人に待たれて、西根はいつものように、嫌味たっぷりにニヤリとした。

「そなたらも、存外、したたかではないか。言いにくいところは、また私《こちら》に言わせる気か？」

「いえ別に、そんなつもりは……」

赤堀があわててそう言って、桐野に至っては、正直に、

「申し訳ございません」

と、恐縮している。

そんな二人をニヤニヤと眺めて、西根は愉しそうにこう言った。

「したが、まあ、屁《へ》理屈をこねれば、そもそもが下馬所で起こった武家どうしの揉め事が発端《ほったん》ゆえな。騒動《さわぎ》の原因《もと》を調べているだけだと申せば、目付の職掌《しごと》からも大きくは外れまい」

「はい」

「さようにございますね」

二人も大きくうなずいて、少しくほっとしたような顔を互いに見せ合っている。

実際には、さっき慌てて飛び出していった小原が、「この先、山根家とどう関わるつもりでいるのか」そこが懸案であるのだが、さすがに今そこまでは、三人とも口には出さない。

単純で短気だが、人間《ひと》として曲がったところは一つもない先輩の小原を、皆それぞれに案ずるのだった。

七

西根の予想は当たっていた。

やはり初枝は、自分からは何も喋っていなかったのである。

とはいえ、茂治郎も馬鹿ではないから、屋敷から漣太郎を連れ出したのは長七で、その長七に連れ出しを命じたのが初枝であろうということまでは想像がついていたのだが、この二月《ふたつき》、実は初枝をいくら責めても、漣太郎をどこに預けたのかについては、いっこう口を割らなかったのだ。

むろん、妻の初枝が誰かに頼るとしたら、その相手は十中八九、伯父のいる矢部家であろうとは、簡単に推測がついた。

だが推測がついたとて、茂治郎は、別に漣太郎を取り戻したい訳ではない。

茂治郎が知りたいのはただ一つ、初枝が漣太郎を預けるにあたって、その預け先に何と言ったかということである。つまりは自分が虐待している事実を外部《よそ》にばらされなければいいだけの話だったのだが、よりによって「御目付さま」の口から、すでにすべてが暴露されていることを知ることとなった訳だった。


一方、自分の失策にようやく気づいたその「御目付さま」は、配下の徒目付ら数人を引き連れて、城から一路、牛込に向かい、山根家からも程近い場所にある辻番所に隠れて張り込んでいた。

茂治郎が登城するには、必ずこの辻番所の前を通るはずである。

ここに潜んでじっと待ち、茂治郎が家中の者たちとともに城のほうへと消えていったら、それと入れ替わりに山根家を訪ねて、初枝の身が無事であるかを確かめるつもりなのだ。

明け六ツを少し過ぎたあたりに城を出て、馬で急ぎ駆けつけたから、この辻番所に着いたのは、まだ五ツ（朝八時頃）にはかなり間がある時刻だと思う。

運悪く今日は茂治郎が非番であったり、特別に早出だったりすれば、このまま一日、待ちぼうけにもなるであろうが、とにかく今はそれ以外に良い策が浮かばなかった。

辻番所のなかに座って、祈るような心持ちで待ち続けていると、はたして茂治郎の家中と見える七人ほどの行列がやってきて、小原のいる辻番所の前を行き過ぎていった。

一行は、馬に乗った茂治郎を中心に、その馬の『口取り』と、『槍持ち』や『挟箱持ち』、『草履取り』といった中間が四人いて、そのほかに侍の格好をした若党らしき者も二人ほど、茂治郎の馬の横について歩いている。

役高・三百五十俵の「勘定方の組頭」としては、若党を二人も供に連れ歩くというのは珍しいことで、そうやって武家としての威厳を「世間に印象付けたい」と思っているところが、茂治郎の出世にかける執念のほどをよく表していた。

だがそうして出勤の供揃えに士分の者を二人も連れ歩いているということは、屋敷には留守番の家臣がほとんど残っていないということである。

茂治郎ら一行の後ろ姿が、遠くの角を曲がって見えなくなったのを見届けると、小原は配下の徒目付である芹沢欣太夫らとともに辻番所を飛び出して、山根家の屋敷のほうへと向かっていった。

「小原さま」

一足先に、目立たぬよう単身で様子を見に行った芹沢が、小原のもとに報告に戻ってきた。

「門番は、やはり徳利《とくり》でござりまする」

芹沢が言っているのは、『徳利門番』のことである。

小禄の武家たちは普通、門番を担当する中間など雇えないから、正門にはきっちり閂《かんぬき》をかけておくが、脇の潜《くぐ》り戸の閂は開けておく。

そうでないと、いざ外出から戻った際、屋敷のどこにいるのかも判らない留守番の妻女や家臣を、門の外から大声で呼ばねばならず、近所の手前そんなみっともないことはできないから、潜り戸だけは閂をかけずにおくのだ。

だがそうすると、もしも誰かが出入りして、うっかり戸板を閉め忘れてしまうと、潜り戸が開けっ放しになってしまう。それゆえ潜り戸の戸板に縄を結びつけた徳利を釣瓶《つるべ》式に這わせ、押したら開いて、手を放せば徳利の重みで自然に戸が閉まるよう、細工しておくのである。

さっき徒目付の芹沢が、少しだけ試しに押してみたところ、やはり山根家の潜り戸も徳利門番であったという。

「ついでに少々、邸内《なか》を覗いてみたのでございますが、近くには誰もおらぬようにてございました」

「よし。なれば、踏み込むぞ」

「はっ」

まずは芹沢が単身、邸内に入り、潜り戸を内部《なか》から押さえると、小原を先頭に、配下の者らもなだれ込んだ。

「外には誰もおらぬようだな」

門から玄関までを見渡して小原が言うと、芹沢も「はい」とうなずいてきた。

「どういたしましょう？　私が庭にまわって、妻女を探してまいりましょうか？」

「いや、よい。正々堂々、名乗って入るぞ」

「ははっ」

言うが早いか、芹沢が先触れをするため玄関の戸を開けて入っていくと、別の配下二人が手慣れた様子で芹沢に続き、開け放ったままの玄関口の左右を固めて、身構えた。屋内から誰ぞ飛び出して襲ってきた場合に、対応するためである。

ほかにも配下三名が、小原の左右と背後を固めて臨戦態勢を取り、残りの幾人かは音もなく屋敷の裏手にまわって、裏口や勝手口から逃げ出す者が出ぬように、そちらを固めた。

そうして皆が配置についたことを見て取ると、芹沢は屋内に向かって大声で呼びかけた。

「拙者、幕府徒目付・芹沢欣太夫にござる。頼もう！　どなたかおられぬか？」

と、かすかにだが、屋敷の奥で何かが動く物音がしてきたようである。

「頼もう！　どなたかおられぬか！」

すると今度は、はっきり奥で物音がして、続いて「わあッ！」だの、「離せ！」だのと立ち騒ぐ人の声が聞こえてきて、ほどなく裏口のほうから配下が一人、小原のもとへと報告に駆け戻ってきた。

「若党と中間の合わせて二人、裏手から逃げようといたしておったところを捕らえましてござりまする」

「よし。なれば欣太夫、こちらも踏み込むぞ！」

「ははっ」

玄関前での態勢をそのままに、剣の立つ芹沢を先頭にして屋敷の奥へと進んだが、どうやらやはり山根家の留守番の家臣は、さっきの二人だけだったらしく、誰一人として現れない。

だが「誰一人として現れない」そのなかに、本来なら顔を出してもいいはずの妻女の初枝が入っていることが、小原には恐ろしくてたまらなかった。

「初枝どの！　初枝どのはおらぬか？　怖がることはない。昨日参った目付の小原孫九郎だ」

祈るような思いで声をかけながら、かなり奥の、裏庭の見渡せる廊下まで進んできた時だった。

「やっ！　初枝どのかッ？」

庭を挟んだ向こう側に小さな離れの棟が見えて、その離れの襖を開けて、初枝らしき人影が縁側へと這い出してきたのである。

「初枝どの！」

足袋裸足のまま、庭を突っ切って離れへと向かうと、小原は初枝に駆け寄った。

「御目付さま……」

初枝は目を上げてきたが、おそらくは身体中を殴られたり蹴られたりしているものか、自分では身を起こせないらしい。

その初枝をそっと膝の上に抱き上げて、改めて眺めると、昨夜あれから初枝が受けたであろう地獄絵図が、目に浮かんでくるようだった。

　さっき必死に這い出してきて剝き出しになっている腕や脛《すね》やふくらはぎも、傷と痣とが広がって、血も滲《にじ》み、腫《は》れており、何をどう手当てしてやればいいものか判らないほどになっている。

　左の頰から瞼《まぶた》にかけても赤黒く腫れ上がっていて、右目しか開けられずにいる初枝の顔を、小原は涙なくしては見つめることができなかった。

「すまぬ。儂があああして事情も考えずに話したせいだ。初枝どの、すまぬ……」

「いえ……」

　腫れて血が出ている唇を動かして、初枝は微笑《ほほえ》んで見せたようだった。

「おかげさまにて、茂治郎の魂胆のすべてが判りましたので……」

「魂胆とな？」

「はい……」

　茂治郎が、初枝や漣太郎を執拗に虐《いじ》めていた一番の理由は、漣太郎を追い出すためであった。

　まだ幼い漣太郎に「躾」と称した暴行を加えたり、養母の初枝が激しく殴られたり蹴られたりするところを毎日のように見せつけたりすることで、漣太郎が山根家から一人で勝手に逃げ出すことを狙っていたのである。

そうして勝手に逃げ出せば、「山根家の家風に染まることのできない『うつけ者』」として、漣太郎を実家に突き返してやることができる。

その上で、別の養子を仕立てて、嫡子を換えようとしていたのだ。

「だが山根家に、まだ別に誰ぞ養子にできるようなお子は、おられるのか？」

小原が訊ねると、「いえ」と、初枝は否定した。

「山根の血筋にはおりませぬ。茂治郎は自分のほうの身内から、誰ぞ養子に仕立てるつもりでおりますようで」

「なに？」

目付としては、聞き捨てならない話である。

幕府は養子を「直系の血筋のみ」と定めているから、茂治郎のように他家から婿に来た者の「姻戚の血筋」には、養子になることを認めてはいないのだ。

「して、『誰』と申しておった？」

「まだ『誰』と、決めてはないようにございました。おそらくは自分の身内のなかでも、持参金の多く払える者を選ぶつもりでおりますものかと……」

そうして持参金の高で選んだ身内の誰かを、山根家の遠縁の子供として養子にし、将来《さきざき》は山根の血を断って、自分の実家である井村の血で乗っ取ろうとしているそうだった。

「……さように恐ろしいことを申したか？」

「はい。『山根家のために、出世を目指している訳ではない。山根の血など断ってやる。おまえが死ねば終わりだ』と、昨夜はそう言われましたので」

「いや、なんと……」

本当に、身の毛もよだつような男である。

昨夜見た茂治郎のしたたかな笑みを思い出して、小原が憤然としていると、膝の上で初枝が拝むように両手を合わせてきた。

「茂治郎を止めてくださりませ。もし本当に偽りの養子を仕立てて幕府に届を出してしまいましたら、山根家は罪科《つみ》を得て、お取り潰しになってしまいます。何としても茂治郎が罪を犯します前に、止めなければなりませんので……」

「相判った。万事、良きように運んで進ぜるゆえ、安堵いたすがよい」

「お有難う存じまする……」

腫れて満足に開かない初枝の左目からも、涙が止め処なく流れてくる。

そんな初枝に、小原は何度も何度もうなずいて見せるのだった。

八

小原ら目付方の手によって矢部家へと運ばれた初枝は、いつに変わらず穏やかな伯父ら一家に迎えられ、すっかり元気になった漣太郎に「母上！」と駆け寄ってこられて、心底ほっとしたらしい。

そうして一気に気持ちがゆるんだせいか、心身の衰弱が表面にあらわれて、初枝は意識が朦朧《もうろう》とするほどの高熱を出し始めたのである。

直ちに医者が呼ばれて、傷や打ち身の治療も開始されたのだが、どうやら腹や背中もさんざんに蹴られたようで、身体の内部の損傷も激しいらしい。

自分では食事を取らないから、重湯《おもゆ》を作って少しずつ口に入れてやったり、医者が処方した薬湯を匙《さじ》で飲ませてやったりと、矢部家の者が懸命に世話を続けているのだが、その横には「母上」が心配でたまらない漣太郎がずっと貼り付いて離れずに、付き添っているそうだった。

「やはり初枝が身を挺して守ろうとしただけありまして、漣太郎とは、実の母子のようにてございまして」

食が進まず、なかなか食べようとしない時でも、漣太郎が「召し上がってください、母上。召し上がらねば、お元気になりませぬ」と、拙《つたな》いながらも自ら匙を持って食べさせようとしたりすると、苦しいなか初枝もうなずいて、少しは口も開けるのだそうだった。

「さようでござるか……」

そう言ったのは小原孫九郎である。今、小原は矢部を訪ねて、三郎右衛門の口から初枝の容態について聞いているところであった。

山根家の屋敷から初枝を助け出してから、はや半月が経とうとしている。

あの時、小原は初枝の身を矢部家に移すにあたり、あとで茂治郎から「かどわかし」だの「密通」だのと、あらぬ言いがかりを受けずにすむように、「初枝の看病は矢部家にて引き受ける」旨、矢部三郎右衛門と連名で正式に書状は出してある。

裏口で一旦は捕らえた若党と中間についても、山根の屋敷から引き揚げる際には、解き放してやっていた。

「して、矢部どの。以来、あの婿どのは、大人しゅうしておるのでござるか？」

小原が訊くと、「はい」と矢部はうなずいた。

「初枝がこちらに運ばれました晩には、さすがに山根家より使いの者が参りまして、

『妻をよろしゅうお願いいたします』との茂治郎の文が届けられてまいりましたが、そのあとはいっこう何も……」

「ほう。『妻をよろしゅう頼みます』とな？」

「はい。一体、何を考えておりますことやら、もうどうにも気味が悪いばかりでございまして……」

初枝の大怪我が茂治郎の暴力によるものだということは、目付方にも矢部家《こちら》にもばれていて、茂治郎自身「すでにすべてが、ばれている」と知っているというのに、平気で白々しく「妻をよろしゅう……」などと言ってくる茂治郎の気が知れないと、矢部家では皆が気味悪がっているらしい。

だが実は小原のほうは、あの日、初枝から告発された「偽《にせ》養子」の件について、芹沢ら配下の者たちにすでに調査をさせていて、「茂治郎」という男の底知れない冷酷さや異様さを実感していたのである。

「婿どのは偽養子の話を、どうも三軒、同時に持ち込んでおるようでござってな……」

まず一人目は実兄の次男で、今年十七歳になった甥である。

普通ならそうして「甥」という存在があれば、自分との血の濃さを考えても、秘密保持の安全性から考えても、偽養子の話は他家《ほか》には持っていかず、この甥に決めてしまうところであろうが、茂治郎はそうではない。

　母方の親戚のなかに家禄八百石の旗本家に婿に入った従弟《いとこ》があり、その従弟が自分の三男の養子先を必死で探していると聞き、茂治郎は、そちらにも声をかけているようなのだ。

「したが、なにより呆れたのは、深川の料理屋にも粉をかけておることでな。そこの主人が『可愛い孫を武士《さむらい》にしてやれるなら……』と、どうやら金を積んできたらしい」

「いや……。ではまさか、茂治郎はそれに？」

　身を乗り出してきた矢部三郎右衛門に、小原はうなずいて見せた。

「配下の者が店の仲居《なかい》から聞き込んだかぎりでは、五百両積まれたそうゆえ、おそらくは決まりでござろうよ」

「…………」

　と、矢部が、顔面にはっきり怒気を見せた。

「山根の家を、井村どころか、赤の他人の町人に売り渡しますとは……」

「まことよ」

小原も大きくうなずいて、その先をこう続けた。

「して、矢部どの、どうなさる?」

「………?」

話が飛んで、一瞬、目を丸くした矢部三郎右衛門に、小原はめずらしく言いづらそうに話し出した。

「いやな、実は先般、初枝どのには『茂治郎が偽養子をせぬよう、止めてくれ』と、拝まれてしもうたのだが……」

むろん「偽の養子縁組を企んでいる」となれば、目付としても放っておける訳はなく、事実関係を調べた上で阻止しなければならないが、その件《こと》と「この先、山根家が婿の茂治郎をどうするか?」という件は、そもそも話の土俵が違うのだ。

「縦《よ》し山根茂治郎が、このまま偽養子の不正を進め、誰ぞから持参金を受けたり、縁組の願《ねがい》書を出したりなどいたせば、その時は直ちに捕らえる。さすれば初枝どのの申されるよう、山根の家は取り潰しと相成ろうぞ」

小原がこう話す言葉の裏には、「だから一刻も早く、婿の茂治郎とは縁組の解消をするなどして、茂治郎がこの先どんな悪さをしても、山根家に火の粉が降りかかる心配がないよう、手配してしまえばどうだ」と勧める気持ちが隠されている。

とはいえ、武家の離婚はあれこれとても面倒で、町人のように、夫から『三行半《みくだりはん》』の形で離縁状を取り付ける必要はないのだが、茂治郎が婿養子に来た際に、井村家から山根家へ向けて支払われたであろう持参金を、両家の協議で「何割」と決めて、返さねばならないのだ。

むろん、こたびは婿の茂治郎側に圧倒的に非があって、現に初枝はああして寝付いているのだから、持参金を返すどころか、「薬代」として慰謝料を請求してもよいくらいであろう。

だがいずれにしても、井村と山根両家の協議が、互いの親戚も口を出しての大紛糾となるのは明白であろうと思われた。

つまり「茂治郎をこの先どうするか」については、山根家の内政なのである。そうした「一武家の内政」に目付は関わるべきではないと、小原はそう考えているのだ。

すると、そんな小原の肚《はら》のなかを察したか、矢部三郎右衛門が居住まいを正して、真っ直ぐに顔を上げてきた。

「今日明日にでも、山根の親類縁者に仔細のほどを伝えまして、早々に茂治郎を離縁いたしたく存じまする」

「やっ、そうなさるか」

思わず小原が喜色を示すと、「はい」と、矢部もはっきりうなずいてきた。

「いまだ初枝は寝たきりにございますし、井村との協議の席にも列席はできまいとは存じますが、『初枝の身体が良うなるまで……』などと、悠長に放っておく訳にもまいりませぬ。あとで初枝が何と言おうと、茂治郎とは離縁にさせたく存じまする」

「うむ。さようか」

そう言って、小原は大きくうなずいて見せた。

本当は「それがよい。ようお心を決められた！」と、山根家にとっては姻戚にすぎない矢部三郎右衛門の決心を褒めてやりたいところだが、小原《こちら》は『目付』なのである。矢部にも山根にも井村にも同等に、あくまでも公平公正に接しなければいけなかった。

「なれば矢部どの、これより先は、お忙しかろう。儂は早々に立ち去るゆえ、お手配を始められるがよかろうて」

気を利かせて、はや小原が立ち上がると、矢部はそんな「御目付さま」の温情に、

「お有難うございまする……」

と、深々と頭を下げてきた。

「まことにもって、小原さまには、何とお礼を申し上げればよいものか……」

矢部は平伏したままそう言ってきたが、その声は湿っていて、どうやら涙であとが

続かないようである。

「よい、よい。ではな」

「ははっ」

もう顔を上げられない矢部の白髪のうなじを見つめて、小原は嬉しく、立ち去るのだった。

九

山根家と井村家の双方から、それぞれ別に幕府に宛てて「離縁の報告」の届が出されてきたのは、それから八日後のことである。

姻戚の伯父にすぎないうえ、今ではもうただの隠居の身である矢部三郎右衛門が、出しゃばって山根の縁戚に働きかけ、井村家との難しい交渉をしてのけるには、「八日」というのは、いかにも短かったことであろう。

だがその奔走の甲斐あって、井村家は持参金の返還は求めず、初枝に対する三両の見舞い金に「茂治郎には、今後いっさい初枝どのや漣太郎どのに関わらせぬよう約束をさせた」旨の手紙も添えて、正式に詫びを入れてきたというのである。

　おそらくは井村家の当主である茂治郎の兄自身、茂治郎から「偽養子の謀《はかりごと》」を打診されていたはずだから、下手《へた》に揉めて、その事実が世間に公表でもされたら困ると、慌てたものに違いない。

　一方、当の茂治郎はといえば、「山根の血を断って、初枝から家を乗っ取ってやる」どころか、これまで自分が苦労して、ようやく組頭の地位まで出世してきた勘定方の仕事とともに、幕臣としての身分までをも失うこととなった訳である。

　幕臣武家の婿養子でなくなれば、実家の井村家に戻って、兄の『厄介《やっかい》』とならねばならない。

　居候《いそうろう》の身である厄介は、いわば「井村家の家中の者」だから、幕府とは何の関わりもない陪臣《ばいしん》で、いまだ平《ひら》の勘定役から抜け出られていない兄の家臣のようなものなのだ。

　山根家ばかりか井村家までを潰しかねなかった「空恐ろしい弟」を、井村の当主である兄が再び、どこかの他家へと縁付かせるとは思えない。

　つまり井村茂治郎は出世の本望を叶える術《すべ》を、永遠に失ったということであった。

「初枝どの、万事、相済んで、ようござったな」

「はい。これもみな小原さまのご温情のおかげと、伯父ともいつも……」

「いや……」

今日、小原は、晴れて山根家から「井村茂治郎との離縁の届」が出されてきたのを契機に、初枝の具合を確かめようと、矢部家の屋敷を訪れていた。

嬉しいことに、初枝はもう夜具の上で、半身を起こすことができるようにまでなっていて、茂治郎に殴られた顔の左側にはまだ青黒く腫れも傷も残っていたが、あの日満足に開けられなかった左目は、腫れぼったいながらも、ちゃんと開いている。

女人の初枝にこんな思いをさせてしまった自分の失敗が、情けなく、恥ずかしく、小原は心底、悔やんでおり、「目付としても人間《ひと》としても、二度と再びこんな失敗を仕出かしてはならぬ」と、今も痛々しい姿の初枝と、半ば苦しく目を合わせていた。

「まだあちこち、相当に痛むのでござろう？　まこと、儂が失策のせいで、かような辛い思いをさせて、相すまぬ……」

「とんでもございません。もしあれがなくば、今もまだ茂治郎と縁が切れずに、日々恐々と過ごしていたことでございましょう。今はもう、極楽のようでございます」

「初枝どの……」

そう言って小さく頭を下げた小原に、初枝も矢部も恐縮し、あわてて頭を下げ返している。それでもまだ低頭している「御目付さま」に困って、伯父の矢部のほうが話の向きを変えてきた。

「小原さま、実はちと、この初枝が『困り者』にてございまして……」

「困り者？」

「はい……」

矢部三郎右衛門はちらりと姪の初枝を見ると、わざと告げ口の風に言い始めた。

「『もう二度と婿は取らぬ』と、そう申してきかぬのでござりまする。今はまだ三十にてございますゆえ、急ぎ新たに婿をば探して迎えれば、子宝に恵まれるということも十分にございましょうに、『取らぬ、取らぬ』の一点張りでございまして……」

矢部家の者らはむろんのこと、山根家の親類縁者たちも、初枝が新たに婿取りをすることに賛成しているという。

こたびのことで初めて茂治郎の正体を知るに至り、また初枝が痛みと高熱とにうなされて苦しむ姿を、見舞いの際に目《ま》の当たりにして、「次には必ず良き婿を見つけて、幸せにしてやらねばなるまい」と、矢部を中心とした親類一同の協議でも、皆の意見がきれいに一致したらしい。

「では漣太郎どのがご実家も、賛成されておられるか？」

ついまた少々、山根家の内政に踏み込み気味になってしまったが、矢部は「はい」と、嬉しそうに先を続けてきた。

「『漣太郎のことなれば、返してもらっても構わない。また、もし初枝が手放したくないというのであれば、そのまま山根家の嫡子として置いてもらってもよいから』と、有難きお言葉を……」

それというのも、漣太郎が山根家に来たのは数《かぞ》えで三つ、満の年齢でいえば、まだ二つの頃である。そんな歳から初枝と二人、母子で毎日身を寄せるようにして暮らし続けてきたものだから、おそらくは漣太郎にとっても、今さら初枝と離されるのは辛いに決まっているのだ。

「漣太郎がこのまま残ってくれますうえに、将来《さきざき》、初枝に子の一人でも、二人でも生まれれば、血筋の少ない山根家も安泰となりましょう。それをこの初枝は、『どうあっても婿は取らぬ』と、頑強に意地を張りまして」

「さようか……」

あの日、離れの襖をやっとで開けて、這うようにして助けを求めてきた初枝である。

初枝の気持ちを推し量りながら、小原は初枝に真っ直ぐに向き直った。

「伯父御の申されるよう、山根の家のためには、新たに婿を迎えるほうがよかろうとは存ずるが……。やはり、嫌か?」

「はい」

と、初枝はこくりとうなずいて、少しだけ笑っている。

その笑顔の向こうに、あの日、離れの襖をやっとで開けて、這うようにして助けを求めてきた初枝の姿が重なって、小原はまた胸が痛くなった。

あんな目に遭ったのだから、「男は怖い」と嫌になるのは、当然のことである。

だが一方、夫のいない幕臣武家を、女一人で存続させていくのは、並大抵の苦労では済まないと思われた。

山根家には正式な跡継ぎの漣太郎がいるから、茂治郎を離縁して出したあとは、漣太郎が山根家の当主となる。

まだ五歳の当主ゆえ、当然のごとく無役の『小普請《こぶしん》』に入ることになるのだが、たとえ無役であったとて、そうした小普請の当主たちは適度な人数に分けられて、『小普請支配』と呼ばれる支配役の大身旗本の傘下に組み入れられることになっていた。

そもそも『小普請』というのは、幕府の城や建物が壊れた折に、小修理を仰せつかるのが仕事で、昔、小普請の幕臣たちは城に工事が必要になると、自家の中間や下男《げなん》を工事人足として遣わしていたのである。

だがそうした寄せ集めの工事人足では、上手《うま》く工事がはかどらないため、今はもう専門の職人を雇って普請工事はさせているから、『小普請』役の幕臣たちは、職人を雇うための費用を「小普請金」と称して納金するだけだった。

家禄が二十俵から五十俵までの小普請役は二分（二両の半分）、五十一俵から百俵までが一両で、百俵以上から五百俵までは家禄・百俵につき一両二分を、年に一度、自分の組の支配役のもとに納金しなければならない。

山根家の場合は三百俵（三百石と計算は同じ）だから、一年に四両二分を納金しなければならず、そうした納金の際にも、自分の組の支配役やその補佐をする組頭たちに、組員として失礼がないよう、それ相応の付き合いをしなければならなかった。

つまりはたとえ無役であっても、幕臣の武家として一家を維持していくためには、幕府や他家を相手に公私さまざま、的確な時期や頃合いを見計らい、的確な程度や金額を見積もって、家格に合った付き合いをしなければならないのである。

これを、夫のような成人男性の武士がいない山根家が、女の初枝を実質の当主としてやっていかねばならないのだから、相応の覚悟が必要であった。

「だが、どうだ、初枝どの。夫がおらずとも、やれそうか？」

女だてらに家を背負わせるのは心配だが、これまで茂治郎《おとこ》に受けてきた暴力のことを思えば、小原自身も、「婿は取らない」と言い張る初枝を応援してやりたくなる。

すると、そんな「御目付さま」の内心をしっかと読んだか、初枝は元気な目をして力強くうなずいてきた。

「我が子と山根家《いえ》を守るためでございますから、何だっていたして見せまする。他人が入れば、また漣太郎も怯えましょう。かえって母子二人のほうが、手を繋いで何でも張り切っていたせましょうし」

つまり初枝が新しく婿を取らない最大の理由は、漣太郎にあるようだった。

「さようか……」

小原が察してそう言うと、初枝も嬉しそうな顔を向けてきた。

「はい」

「いや小原さま、まったくもって、この伝でございまして……」

と、横手から急いで口を挟んできたのは、矢部三郎右衛門である。

「こうして、てんで言うことをきかぬのでございます。昔からこの初枝は気が優しくて、おとなしゅうはございましたのですが、手のかからないその分、妙に頑固なところがございまして……」

「さようさな」

「え……？」

と、初枝が目を丸くした。

どうやら小原が伯父の言葉を否定せず、「さようさな」などと言ったので、心底驚いたらしい。だが次の瞬間には、自分で小さく笑い出した。

まるで春に小鳥でもさえずるような、軽やかな笑い声である。

そんな初枝を目にできて、小原は安堵を嚙み締めるのだった。

十

翌朝の目付部屋。またも桐野仁之丞とともに当番の小原孫九郎は、こちらも二人、前夜からの宿直明けである西根五十五郎と赤堀小太郎と顔を合わせて、朝一番の世間話に興じていた。

「いやまこと、血など繋がってはおらずとも、ああしたものを真実《まこと》『母』と呼ぶべきでござろうな」

小原が意気揚々と話しているのは、むろん、山根初枝のことである。

対して、桐野に西根、赤堀の三人は、今ようやく山根家の一件を終《しま》いまで聞き終えたところであった。

「養子でございますから、血は繋がっておりましょう」

上げ足を取ってそう言ったのは西根五十五郎であったが、皮肉屋の西根にしては、今のはいささか精彩を欠いていて、やはり小原を相手だと上げ足を取るのも甘くなってしまうようだった。

実は今日こうして四人、前回とまったく同じ組み合わせで当番や宿直番を務めているのは、むろん偶然などではない。「小原と山根家のその後について」が、気になってたまらない桐野と西根と赤堀は、三人で上手く図《はか》って、早朝に小原からまた話が聞けるよう、当番や宿直番を調整したのである。

そんなこととは露知らず、微塵も疑いを感じていないのは、当人の小原のみであった。

「それにいたしましても小原さま、そうして伯父を動かして、離縁を急がせるとは、まことにもって鮮やかなお手並みで……」

赤堀がそう言うと、とたん小原はムッとした顔つきになった。

「それは違うぞ、赤堀どの。儂は矢部どのを急《せ》かした訳でもなければ、離縁を勧めた訳でもない」

まずはこうして自分に対する誤解を解くと、小原は一転、先輩目付の顔になり、赤堀に説教をし始めた。

「そも目付が、他家の内政に関与するなど、あってはならぬことでござるぞ。特定の一家《いっけ》にのみ口を出せば、それは必定、公平さを欠くことに繋がろうからな」

「はい」

と、赤堀は返事をすると、素直に頭を下げてこう言った。

「まこと、さようにございますね。これよりは、肝に銘じておきまする」

「うむ……。それがよろしかろう」

小原も大きくうなずいて、赤堀の返答に満足したようである。ついでに「どれ」と立ち上がり、部屋の襖を開けて廊下へと出ていったが、おそらくは話を終えた一段落で、厠にでも立ったのではないかと思われた。

あとに残されたのは、狙い通りの三名である。

「いや、ほっといたしました……」

まず口火を切ったのは、たった今、説教されたばかりの赤堀小太郎である。

すると横から愉しげに、

「重畳、重畳……」

と、西根五十五郎が、話を掻きまわし始めた。

「私《こちら》ばかりが嫌われ役になるのは、不条理ゆえな。今頃そなた小原さまに、『ああ見えて、赤堀どのもまだまだよ……』と、目をつけられておろうさ」

そう言って、西根はニヤニヤ笑っている。

「しかしその『初枝』とやら、婿を取らず女だてらに山根家《いえ》を支えていくなどと、ずいぶんとまあ、思い切ったもので……」

桐野が言うのももっともで、これから初枝はあれやこれやと、時勢や時流を読むのが難しくて面倒な幕臣武家どうしの付き合いに、揉み込まれていくのである。

旗本の家に生まれて、そうした武家の習いを知らぬ訳ではないはずの初枝が、自ら渦中に飛び込んでいこうというのだから、相応の覚悟があろうと思われた。

「幸いにして頼れる姻戚がございますゆえ、どうにかなるのでございましょうが……」

桐野が先を加えると、「待ってました」と言わんばかりに、西根が口の端で笑って、こう言った。

「頼れるものは、他者《ほか》にもおろう。『自分がさせた怪我の見舞い』と称して、この先も、天下の目付が出入りだけはするゆえ、我らが案ずることはない」

「えっ、ですが西根さま、それでは……」

桐野が言った「それでは」の先は、「それでは目付が、一武家である山根家に関わることになるのではないか？」ということである。

すると、その問いの答えは意外にも、「いや……」と、横にいる赤堀の口から発せられてきた。

「この先も、小原さまがされるのは『出入りだけ』でござろう」

「……？」

一瞬、意味が判らず目を見開いた桐野に、赤堀は朗らかに笑って見せた。

「正直、ちと危ういのではないかと、若輩者が生意気ではござろうが、本気で心配いたしたのでござるが、やはり小原さまはしっかりと線引きはなさっておられる。女人の傷が治り、母子して山根《やまね》家に戻れば、それにて監察も終わろうさ」

「はい。まこと、さようにございますね」

桐野も笑ってうなずいている。

「さてな……」

西根が話を結んだが、その言いようの割には、西根の横顔には嫌味の影も、皮肉の影も、皆無である。

廊下《そと》にかすかに、小原らしい足音が聞こえてきた。
三人はそれぞれに、自分のやるべき今日の仕事に戻るのだった。

第三話　切腹

一

やけに寒風の吹き荒《すさ》ぶ、師走《しわす》の宵のことであった。

一日の目付仕事を終えた十左衛門は、いつものように下馬所に待たせてあった十名ほどの家臣を供揃《ともぞろ》えにして下城すると、駿河台にある自分の屋敷へと向かっていた。

妹尾家は家禄千石の旗本であるから、大名とは違い、基本、駕籠《のりもの》に乗ることを許されてはおらず、城への行き帰りは馬である。

それゆえ今日のような極寒の日も吹きっさらしの馬上で耐えねばならず、さっきから十左衛門は、まるで氷の上でも吹き抜けてきたかのような冷たい風に、剝き出しの顔や手をいいようになぶられて感覚を失いかけていた。

それでもようやく自分の屋敷のある一画が、中間《ちゅうげん》が掲げる提灯《ちょうちん》の先に見えてきて、十左衛門がほっと小さく息をした時だった。

「殿」

と、騎馬の十左衛門の脇について歩いていた若党の一人が前方を指してきて、見ると前方の路上、妹尾家の外壁に凭《もた》れかかるようにして、うずくまっている男の人影が見える。

「行き倒れでございましょうか？」

「うむ……」

頭髪は白いようだから、おそらく年配の人物ではあろうが、注目すべきは裃《かみしも》を身に着けていることである。

江戸の市中で、裃を着けて歩いている侍を見かけたら、「幕臣であろう」と思って、まず間違いはない。裃は、基本、城に出入りする際に礼装として身に着けるものだから、陪臣《ばいしん》（どこかの藩の侍）や浪人者が裃をつけることはないのだ。

だが前方にうずくまっている年配の侍は、裃の礼装なのである。

もしかしたら幕臣の誰かが、ここを「目付筆頭の屋敷」と知った上で、何か所用で訪ねてきたのかもしれない。二十年余りも目付の職を続けているため、そうした突然の訪問はこれまでもなかった訳ではなくて、今回も同様なのではないかと思われた。

「もし、いかがなされました？」

十左衛門は、馬上から声をかけ始めた。

「拙者、目付の妹尾十左衛門と申す者にてござるが、どこぞ、お身体の具合でもお悪いか？」

予想の通り、ここを「目付の屋敷」と目指して訪ねてきた来訪者であるならば、こうしてこちらが名乗ってやれば、話もしやすかろうと思ったのだが、その読みはどうやら当たっていたようである。

寒さに凍え、上手《うま》く身動きが取れないらしい身体をもぞもぞと動かして、その白髪の侍は、十左衛門に向かい、地べたで平伏してきたのである。

「……そ、卒爾《そつじ》ながら、是非にも妹尾さま、に、お目通りを願いたく、まかりこしまして、ござりまする……」

芯《しん》から身体が冷えきってしまっているのであろう、喋《しゃべ》ろうとしても悪寒《おかん》で声が続かないらしく、途切れ途切れになっている。それでもまだ「実は、先般《せんぱん》……」と、本題に入ろうとしたその侍を止めて、十左衛門はこう言った。

「この寒風だ。とにかく屋敷内《なか》に入られよ。ご陳情はうかがうゆえ……」

「お、お有難う存じまする……」

再び平伏したその侍を介助して、若党二人が両側から立たせてやっている。

十左衛門は、こうして今日は飛び入りの客人つきで、帰宅の門をくぐるのだった。

二

白髪の侍は、名を「向山征右衛門《こうやませいえもん》」というそうで、やはり予想通り、幕臣旗本家の者であった。

とはいえ、征右衛門は六十八歳で、十八年も前に隠居しており、向山家の家督は、すでに息子の代に移っているそうである。「向山皓太郎《こうたろう》」という三十九歳のその息子は『作事方《さくじ》』で、役高・百俵と十人扶持の『作事下奉行《した》』を務めているそうだった。

「先祖代々いただいておりますお禄《ろく》のほうも百俵でございますので、御役《おやく》の高《たか》で申せば、さして『出世』と言えぬやもしれませぬが……」

親の自分も、その上の先代も、生涯お役に就けぬまま「無役の小普請《こぶしん》」で終わっていたので、息子の皓太郎が役を得て幕府にご奉公できるようになったこと自体が、親の自分にとっては誇らしく嬉しかったと、征右衛門はそう言った。

「いやまこと、さようでござろうな」

　十左衛門も大きくうなずいた。

　向山征右衛門の言う通りで、「お役に就く」というのは、本来はそうしたことなのである。幕臣として生まれたからには、少なくとも先祖代々いただいている家禄に見合うほどには「ご奉公」の形で返したいと思うのが当たり前で、こうした実直な考え方は、目付としても好ましいものではあった。

　だが一点、どうもよく判らないのは、征右衛門がなぜ今選んでこんな話をするのか、ということである。

　さっき門番から聞いたところが事実だとすれば、征右衛門は帰宅してくる十左衛門《こちら》を待って、二刻《ふたとき》（約四時間）近くも妹尾家の門前に居続けていたことになる。芯から凍《こご》え、身動きすらできなくなるほど寒風のなかで待ち続けていた割には、征右衛門の話はあまりにも悠長で、その何ともしっくりとこない感じが、さっきから気になってならないのだ。

　すると、そんな十左衛門の気持ちを読み取りでもしたかのように、政右衛門は突然に言い出した。

「ただ、こたび倅《せがれ》の皓太郎は、あらぬところで冤罪《えんざい》を得ることとなりまして、己が身の潔白を公《おおやけ》に示さんと、切腹をばいたしました」

「え？」

と、思わず驚きのままの声が出て、十左衛門が突然の話の展開に二の句が継《つ》げなくなっていると、征右衛門は察したか、問わず語りに話し始めた。

「『横領の疑いあり』として、皓太郎が突然、お支配のお奉行さま方よりお呼び出しを受けましたのは、四月《よつき》ほど前のことにてございました」

作事方の下役たちが使う詰所《つめしょ》で仕事をしている最中に、「お奉行さまからお呼び出しだ」と連絡が来たようで、結局そのまま捕らえられて、身柄は他家へと「預かり」となり、一ヶ月後にはその他家で切腹して果ててしまったため、征右衛門をはじめとした皓太郎の妻子ら家族の者たちは、皓太郎とは四ヶ月前に別れたきりになってしまったそうだった。

「皓太郎が捕らえられてより、私、ご同輩の皆さまのお屋敷を訪ねてまわりまして、『何がどうなっているものか、事の経緯を教えていただきたい』とお願いしたのでございますが、『向山どのとは担当が違っているから判らない』と、皆さま揃っておっしゃるばかりでございまして……」

そうしていっこう埒《らち》が明かないまま一ヶ月近くが経ったところで、今度は「皓太郎

「とにかくもう何が何やら判りませず、『切腹した』などと聞かされましても、信じることもできませんので、お支配のお奉行さまにお目通りを願いまして、今度こそ事の経緯をうかがわねばと、お訊ねしたのでございますが……」

横領は、先般《せんぱん》行われた幕府『御船蔵《おふなぐら》』の修繕に関して見つかったもので、作事下奉行として、その修繕工事の総監督を担っていたのが皓太郎であること。

その皓太郎が、あろうことか、幕府から出されていた費用の一部を横領していたことが発覚したため、捕らえられて他家へと預けになっていたのだが、この一件についてを作事奉行の上司にあたる老中方に報告するため書面に取りまとめている最中に、何と皓太郎が勝手に腹を切ってしまった。

当人が何を思って切腹したのか、遺書らしきものも残されてないため判らないが、その切腹が「一命を賭《と》して、自ら罪を償《つぐな》った」ものであるならば、その意気に免じて、向山の家にはお咎《とが》めがないよう、作事奉行の自分たちからご老中方々へお願いしてやるつもりである。

「そこを重々、承知の上で、そなたら遺族も己が身の振り方を考えるようにと、お支配のお奉行さまお二方には、そう言われてしまいまして……」

それでも征右衛門が更に粘って、横領した金額は幾らだったのか、皓太郎はどのような形で横領していたのかなど訊ねてみたところ、「なにぶん御公儀の普請に関わることゆえ、これ以上の詳しい内容については公言はできかねる」として、いっさい教えてくれなかったそうだった。

「その先は、もう何度お目通りを願いましても、会うてはいただけぬようになりました」

「さようであられたか……」

たしかに今の話が真実であれば、残された家族としては納得しかねるのも当然で、それゆえこうして思い余って、直《じか》に目付《こちら》に訴えてきたのであろうと思われた。

事件《こと》は「向山家」という幕臣一家の存亡にも関わることであり、御船蔵の普請工事にも関連することなので、目付方としても調査に腰を上げるのはやぶさかではない。

「なれば、そうして支配の筋が取り上げてくれぬゆえ、ここに参られたという訳でござるな？」

十左衛門は、すでに調査を引き受ける心づもりで言ったのだが、それに答えてきた征右衛門の言葉は、とんでもないものだった。

「実はこちらに『越訴《えっそ》』をさせていただくより前に、正式に当番の大目付の皆さまのところへ、幾度か『駈け込み訴え』をさせていただきまして……」

「…………！」

十左衛門は、驚きのあまり絶句していた。

今、征右衛門が口にした『駈け込み訴え』というのは、大目付たちが「今月は誰」と当番を決め、自宅屋敷の門戸を開けて、広く身分の規制なく受け付けている「訴え受け付け」のことである。

いわば『目安箱』に投げ込まれる訴状を、大目付たちが自宅で受け付けているようなものなのだが、目安箱ほど知名度がないため、この駆け込み訴えの制度を知らない者も多かった。

対して、征右衛門が言ったもう一つの『越訴』というほうは、幕府が認めていない訴え方である。

そも幕府は「何か訴え事をしたい時には、自分の支配筋《しはいすじ》を通して訴えるように」と定めていて、その筋を勝手に「越して」別のところに訴えることを『越訴』と呼んで、禁じていた。

たとえば町人であれば、大家《おおや》や家主を通して町奉行所に訴えるというのが「支配筋」というものであり、天領の百姓であれば、自分の村の名主や代官《だいかん》を通して最終的には勘定奉行に受け付けてもらう、といった具合である。

その伝で、こたびの一件を当てはめれば、「皓太郎の上司である作事奉行を通して、作事方を支配している老中方に訴える」のが筋ということになってしまい、その掟を破って目付方に訴えることは『越訴』になると、征右衛門は考えたに違いなかった。

実際には、目付は幕臣全体を監察するのが仕事であるから、幕臣である向山皓太郎についても、同じく幕臣である作事奉行たちについても、監察し調査する権限を目付方は持っていて、『越訴《こちら》』には当たらない。

だが征右衛門は目付方に持ち込んでくるより先に、広く誰からも訴え事を受け付けている「大目付方の駆け込み訴え」のほうに持ち込んでしまったものだから、この一件は、とてつもなく厄介なものになってしまっていた。

「して、向山どの、大目付方では何と？」

答えの予想はついているが、それでも一応、大目付方がどのように裁いたものかを確かめねばならない。

すると案の定、征右衛門の答えは、最悪といえるものだった。

「『作事方の申しように間違いはない』と、そう言われてしまいまして……」

父御《ちちご》のそなたには気の毒ではあるが、こたびの御船蔵の普請に関し、担当の下奉行である向山皓太郎には、たしかに横領の事実があった。

よって、これより先は一刻も早く訴えを取り下げて、皓太郎が切腹の理由についても「一命を賭して、自ら罪を償《つぐな》ったもの」と認めて、向山家の家督を孫に繫げることのみを考えるようにと、大目付に諭《さと》されたという。

「さようでござるか……」

「はい」

「………」

十左衛門は、つい深くため息をついていた。

こたびの大目付方の調査がどういったものであったか、むろん詳しく知り得る訳ではなかったが、その調査の過程がどうであろうと、結果、大目付方が出してきた答えは、「作事方の申しように間違いはない」というものなのである。

つまりは目付方《こちら》が参入して、裏手から作事方に探りを入れてみなければ、この一件の本当のところは判らないということだった。

「ご陳情のほど、お請《う》けいたそう」

「………！」

と、征右衛門が、これ以上は開けないというほどに、大きく目を見開いてきた。

「お、お有難う存じまする……」

そう口にしたとたん、ぐっと込み上げてきたものがあったのであろう。征右衛門は、あわてて顔を隠すようにして、平伏してきた。

「お見苦しくも隠居の身で、かようにしつこく出しゃばった真似をばいたしまして、まことにもって申し訳ござりませぬ。けだし倅の身の潔白を、かようにまで信じますには、一点、理由《わけ》がございまして……」

捕らえられた皓太郎を預かっていたのは、向山家の遠縁にあたる家禄六百石の「嶋《しま》野《の》幹兵衛《かんべえ》」という旗本の屋敷であったが、実はその遠縁から内々に征右衛門に向けて、口頭で伝えられていたことがあったというのだ。

「切腹した倅が果てるまでの、一部始終にてございました」

皓太郎は、襖の外に常に見張りを立てられた奥座敷で「預かりの身」となっていたのだが、ある日の夕刻、その見張りの者らも気づかぬうちに、静かに腹を切っており、夕飯を運んできた若党に発見されて、初めて大騒ぎになったらしい。

報せを受けて、ただちに当主の幹兵衛が駆けつけて、まだ息のある皓太郎から遺言を聞き取ってやろうとしたそうなのだが、見れば、皓太郎は、いかにも妙な形に腹に刀を入れている。横に三刀、まるで「三」の字を書こうとでもしたかのように、腹を切っていたのだ。

「三の字、とな？」

思わず十左衛門が訊き返すと、「はい」と、征右衛門も顔を上げてきた。

「幹兵衛どのも一瞬は驚いたそうにございましたが、思い当たる節があり、まだ息のある皓太郎に訊ねてくれたそうにてございまして……」

腹に刀を突き立てたまま動けなくなっている皓太郎のそばまで顔を寄せて、

「皓太郎どの、いかがした？　やけに見苦しい腹の切り方ではないか。やはり何ぞか上役《うえ》にでも遺恨があって、そのようにいたしたか？」

幹兵衛は、そう訊ねてみたという。

すると皓太郎は、すでに真っ赤になっている目を懸命に幹兵衛のほうへと動かして、途切れ途切れにこう言ってきたらしい。

「いかにも……まことお見苦しく、申し訳もござりませぬ……。お畳を穢《けが》してしまいましたことも、どうか平《ひら》に、お許しを……」

皓太郎の必死の詫びの言葉に、幹兵衛は「気にするな」と、幾度も声をかけてくれたそうである。だが皓太郎は苦しむばかりで、なかなか息絶《とど》えることができない。

そんな皓太郎を見てはいられず、幹兵衛は「首筋に、止めの一刀を入れて欲しいか否か」を訊ねたということだった。

「その有難きお言葉に、皓太郎ははっきりとうなずいたそうにござりまする。まこと幹兵衛どのにはこの先も、生涯かけてご恩に報いねばなりませぬので……」

そう言って征右衛門は、さすがに込み上げてきたらしい涙を、今度はもうこらえきれずに流れるままにしていたが、それでも先を繋げて言ってきた。

「けだし、この話は、遠縁どうし相対《あいたい》で聞いた話にございますゆえ、何らの証拠《あかし》もありませぬ。嶋野の家で、皓太郎は一度だけ『私は無実にございますゆえ、一族の名を穢《けが》すものではございませぬ』と幹兵衛どのに誓ったそうにございますが、他にはもう何一つとして、訊いても何も言わなかったそうにございました」

「さようにござるか……」

作事方に何かが隠されているのは、いよいよもって明白になってきたようである。

だが、それを探り取ることの難しさより、こたびはもっと厄介なことがある。この一件が、すでに『駈け込み訴え』の案件として、大目付方や老中方の裁決を受けてしまっていることだった。

「向山どの」

「はい」

呼ばれて向き直ってきた征右衛門に、十左衛門は、正直にこう言った。

「こたびが一件、請け負うのは拙者であって、目付方では請け負えぬ」

「…………！」

十左衛門の言わんとしていることが、一瞬にして判ったのであろう。征右衛門は、顔色を青くしていたが、それでもすぐに居住まいを正して、改めてこちらに顔を上げてきた。

「ご面倒を持ち込みまして、まことに申し訳ございませぬ。こうして勝手に越訴のごとく、お願いにまいったのでございますから、その罪は謹《つつし》んで受ける所存でございまする。私はただ一つ、倅の身の潔白の証《あかし》が立てば、それで本望にてございますので」

「うむ。よいお覚悟でござる」

十左衛門はうなずいて見せると、征右衛門を励まして、こう言った。

「この先に何ぞ真実《まこと》のところが見つかって、皓太郎どのに無実の証が立った際《とき》には、必ずや公にして、幕府より無罪の沙汰が下りるよう取り計らおう。それだけは信じてくだされ」

「ははっ。お有難う存じまする」

またも平伏してきた征右衛門の白髪の髷《まげ》を見つめながら、十左衛門は早くも、この一件の捜査に義弟《みうち》の力を借りようと考え始めるのだった。

三

翌晩、駿河台の妹尾家の屋敷には、義弟である徒目付《かち》組頭の橘《たちばな》斗三郎《とさぶろう》のほかにももう一人、十左衛門に内々《ないない》に手伝いを頼まれて集まってきていた人物がいた。

十人いる目付のなかでは最も新入りの、牧原佐久三郎である。

それというのも牧原の前職は『奥右筆組頭《おくゆうひつ》』で、老中方や若年寄方の秘書として、日々『御用部屋《ごようべや》（老中や若年寄の執務室）』に出入りをしていた、いわば「上つ方《うえかた》の懐刀《ふところがたな》」のような男だったのである。

それゆえ、老中方の管轄である「大目付方の駆け込み訴え」にも詳しいのではないかと、十左衛門に頼られたという訳だった。

その牧原と斗三郎の二人を相手に、今、十左衛門はあらかたの経緯を話し終えたところであったが、残された父親の口から語られた息子の壮絶な最期に、二人とも言葉を失っているようである。

さっき城から三人でともに下城してきて、「まずは腹ごしらえをしてから……」と、夕飯を済ませた後に酒を飲みつつ経緯を話していたのだが、気がつけば三人ともに、酒を飲む手がすっかり止まってしまっていた。

「いやまこと、『父親《ちち》とは、かくあらねば』と思うほどの、実に立派な御仁《ごじん》でな。何を語るも取り乱さず、さりとて決して諦めず、道理も礼儀も通した上で、倅の雪辱《せつじょく》を果たさんとするあの姿が、どうにも目に焼き付いてしもうてな。正直、あの父に育てられた倅であれば、横領などという不正はすまいと、そう踏んだ部分《ところ》もあるのだ」

「さようにございますね……」

牧原がようやく口を開いてきて、横で斗三郎も神妙な顔でうなずいている。そうしてまるで、うなずきを契機にしたように、「牧原さま」と横手から声をかけてきた。

「先ほどの話の『駈け込み訴え』にてございますが、たとえば、こたびがような一件では、おおよそのところ、いかな扱いとなりますもので?」

いきなり話を『駈け込み訴え』に変えてきた義弟《おとうと》に、十左衛門は危うく吹き出しそうになっていた。

この義弟は、昔から十左衛門《こちら》の本音を汲み取っては、義兄《あに》の助けになるようにと、先手を打って動いてくれるところがある。今も、先に自分が牧原に問いかけて、十左衛門が自ら話を切り出さなくても済むようにと、気を配ってくれたに違いなかった。

「いや、そこよ」

有難い義弟の心遣いに乗っかって、十左衛門も牧原に向き直った。

「そも大名家を相手に監察をする大目付方が、何ゆえ自家の門戸を開いてまで、広く百姓や町人までをも相手に『駆け込みの訴え』を受け付けねばならぬのか、正直、そのあたりからして、すでによう判らんのさ」

今日ここは目付部屋の合議の席ではなく、あくまでも私的に集まって話をしているだけなので、十左衛門の物の言いようにも遠慮がない。

すると、そんな砕けた雰囲気の「ご筆頭」に、優等生らしくしっかりついてこようとしてか、牧原も、いかにも内輪話でもするような顔をして言ってきた。

「以前、私もどうにもそこが気になりまして、ちと調べたことがございますのですが、もともとは『三代さま』が、当時お気に入りであった大目付に命じてやらせたものが、そのままに職《しょく》の一つとして、今でも残っておりますようで……」

牧原の言った『三代さま』というのは、徳川家の三代将軍・家光《いえみつ》公のことである。

今はもう『目安箱』という制度があるため、広く身分にかかわらず、訴状を投函するだけで誰もが「訴え」の声を上げられるようになっているが、その目安箱は八代将軍・吉宗《よしむね》公が設置したものであり、家光公が治世の当時は、「民の本音を、幕府に還元させるような仕組み」が皆無であったからだった。

「元よりがそうしたものでございますので、『駈け込み訴え』に限りましては、必ずや当番の大目付さまご当人が訴人の前にお出ましになられて、直《じか》にその訴えを、内容《なかみ》の細かきところまで聞き取られるそうにてございます」

「ほう……。なれば、配下や家臣のごときには、任せぬということか？」

直に応対するという事実に、十左衛門が本気で驚いていると、

「はい」

と、牧原は先を続けた。

「応対を配下や家臣に任せますというと、『かようなつまらぬ戯言《ざれごと》を、お伝えする訳にはいかぬ』と、おそらくは篩《ふるい》にかけられてしまいましょう。しかして、三代さまのお命じは『民の草臥《くたび》れ候《そうろう》ほどを掌握し、その都度《つど》、つぶさに上申《じょうしん》せよ』というものにてございますので……」

必定《ひつじょう》、どんな戯言であっても、逐一、直に聞いてやり、その戯言のなかに「世情の本意」を見て取るのが、大目付たちに課せられた任務であるということだった。

「して、その先はどうするのだ？　訴えの実情を調べるにあたっては、さすがに誰ぞ配下なり家臣なりに命ずるよりほかに、しょうもあるまい？」

十左衛門がそう言うと、牧原はやけに大きくうなずいて、

「いや、ご筆頭、まさしく、そこでございまして……」

と、めずらしく自分から身を乗り出してきた。

「訴人の話を聞くまでのところは、そうして至極ていねいに、身を入れて受け付けてやるのでございますが、その訴えの詳細を書き留めましたものを、お支配のご老中方へと出された後は、何もせず、御用部屋《おへや》からのご指示を待つばかりにございますので」

「なに？　なれば、調査《しらべ》はせぬというのか？」

「いやそれが、何と申しましょうか……」

調べないと言ってしまったら、さすがに語弊《ごへい》はあるだろう。

だが、そもそも大目付方が受け付ける『駆け込み訴え』において、一番に重要視されるのは、「訴人の生《なま》の声をていねいに聞き取って、それを幕府に正確に報告する」ことであり、その後の処理をどうするべきかについては老中方に裁断を仰がねばならず、担当した大目付が勝手な判断で動く訳にはいかないのだ。

「御用部屋へと外部《そと》から入ってまいります書状については、まずは奥右筆方で組頭二人が手分けをし、ザッと一読いたします。その後に、たとえば『駆け込み訴え』のご

ときものならば、お支配のご老中方にお目通しを願う訳でございますが……」

書状を読んだ老中方が、大目付方に向けて出す回答のほとんどは、「訴えに関連する支配筋に問い合わせて、事実がどうであるかの確認をし、しかるべく対処するよう指導せよ」というものだそうである。

この一件も、おそらくは大目付方が真正面から作事方に問い合わせて、「向山皓太郎の一件について、包み隠さず、逐一報告をするように……」とでも命じて得た結果であったから、「作事方の申しように間違いはない」と、こうなったのだろうと思われた。

「結句、『支配筋の作事方に問い合わせるだけ』だというのでは、何のために駈け込んだものやら判らんな」

「ええ……」

十左衛門に答えて、牧原も大きくうなずいた。

「『駈け込みの訴え』のなかでも、こと幕府の根幹に触るような案件であれば、ご老中方から内々に『探れ』とお命じが下りますゆえ、奥右筆方で動くことになりますが、たいていは、そのまま大目付方へと差し戻しになっておりました」

「なるほどの……」

そうやって老中方から差し戻された案件のなかでも、こと「幕臣に関わる」今回のような案件があった場合には、目付方《こちら》へと案件をまわして「不審があるから調べよ」と命じてくれればよいだけの話なのだが、大目付方とは、いまだ風通りの悪いままなので、いっこうこちらに連絡が来ないのであろう。

「どうにかせねばならぬな……」

十左衛門は小さくそう言って、思わず酒を口に運んだが、どうやら二人には聞こえていなかったらしい。

横に座っていた義弟の斗三郎が手を伸ばして、十左衛門《こちら》の空いた杯《さかずき》に酌《しゃく》をしてくれながら、話を進めて言ってきた。

「なれば、さっそく明日にでも、普請の現場となっていた『御船蔵』あたりから探りを入れてまいりまする」

御船蔵というのは、上様がご使用になる『御召船《おめしぶね》』をはじめとした、幕府の船を格納しておく船蔵のことである。御船蔵は江戸市中に幾つもあり、どこも皆、そのまま漕《こ》ぎ出していけるように、川沿いに建てられていた。

「うむ」

と、十左衛門も、一気にいつもの仕事の顔に戻って、うなずいた。

「したが斗三郎、どこの船蔵かは判らぬぞ。普請事ゆえ、当然、先に目付方《こちら》に向けても、普請の許可《ゆるし》を請う願書のたぐいが来てはおったのであろうが、自慢じゃないが、儂はいっこう覚えておらぬ」

めずらしく開き直った十左衛門の物言いに、斗三郎ばかりか牧原も笑い出したが、

「それなれば……」

と、牧原が助け舟を出そうとしたのと、

「たしか永代橋《えいたいばし》前の新堀町《しんぼりちょう》の……」

と、斗三郎が言い出したのが同時であった。

「……覚えておれぬのは、儂だけということか……」

拗《す》ねて見せた十左衛門に二人は目を合わせて笑っていたが、つと今度は牧原が、いかにも牧原らしくこう言ってきた。

「なれば、ご筆頭。私は、ちと右筆方のほうをまわりまして、新堀町の船蔵の普請がどのような見積もりであったか、作事方よりの書付《かきつけ》のたぐいを拾い出してまいりまする」

「おう。そうしてもらえると有難い」

十左衛門がそう言うと、牧原も素直に嬉しそうな顔になった。

幕府内で普請工事が行われる際には、たとえばそれが柱一本のみの修繕であったとしても、普請許可の願書をはじめとした、さまざまな書状が作成される。

たとえば今回の普請でいえば、

「新堀町の御船蔵の壁や床が傷《いた》んできたので、修繕してもらいたい」

と、船や船蔵の管理をしている『船手方《ふなてかた》』から『作事方』に向けて、まずは修繕要請の書状が出されているはずだった。

作事方では、そうして諸方から要請がくると、『作事方被官《ひかん》』という工事の設計や見積もりのできる役人を現場に行かせて、工事に使用する材料や、手順、日数、どういう職人が何人くらい必要か等、費用の見積もりをし、その見積もりを作事方の長官である作事奉行が認めた時点で、今度は作事方から目付方へと、普請工事の許可を請う願書が出されてくるのだ。

「こたび船手方より、新堀町の御船蔵を修繕して欲しいとの要請があり、見積もりをいたしましたところ、こうした形に相成《あいな》りました。この見積もりで普請工事に入って、よろしゅうございましょうか？」

という具合に、目付方に向けて許可を求める願書を提出してくるので、目付方でもその工事が本当に必要かどうかを判断するために、斗三郎のような普請の見立てに詳しい者を選んで、見に行かせるのだ。

その上で「工事が妥当である」ということになれば、目付十人全員で、それぞれ自分の判を捺《お》して許可状を出し、それが作事方を支配する老中方にまわって承認されて、初めて正式に普請工事が行われるのである。

こうした一連のやり取りで交わされた願書や見積もりは、最終的には老中方に上がって決裁されて、書類はその後、右筆方の手によって振り分けられ、後世のための資料となるよう保存されるのが通例であった。

牧原は、その膨大な保存書類のなかから、こたびの「御船蔵の修繕工事」に関する書類だけではなく、近年に行われた作事方の普請工事の資料全般を拾い出してくるつもりのようだった。

「向山皓太郎が作事下奉行として監督についた普請を中心に、近年行われた普請についても横並べにして比べてみれば、何ぞ『妙だ』と目につくところが見えてくるやもしれませぬ」

「おう！　いやまこと、さようだな」

牧原に大きくうなずいて見せると、十左衛門は自分もこの先の動きようを決めて、二人を相手にこう言った。

「なれば自分《こちら》は今の作事方の面々について、まずは出自《しゅつじ》と、作事経験の程度を調べて書き並べ、ちと検証いたしてみよう。『誰が古参で、新参は誰か』とか、『先祖代々の作事方勤めで、必定、権勢を振るっていそうな者はおらぬか』など、そのあたりに少しでも見当がつけば、また三人それぞれ調べの結果を持ち寄った際にも、少しは役に立とうからな」

「はい。では義兄上《あにうえ》、牧原さま、私はさっそく……」

斗三郎は二人に挨拶すると、一足先に妹尾家を出ていった。

『船蔵のあたりを探る』と申しておったゆえ、おそらくは船蔵に出入りする荷運びの人足たちからでも、話を聞こうというのであろう。さすれば、あやつ、これよりまたあの上に足して、酒を飲むぞ」

十左衛門が言うと、牧原も笑った。

「なれば、ご筆頭、私もそろそろお暇を……」

遠慮して立ち上がりかけた牧原に、十左衛門はひらひらと手を横に振った。

「よいよい。牧原どの、もう少しゆるりと飲もうぞ」

「はい。では、お言葉に甘えて……」

そう言って、すぐに座り直してきた牧原の十左衛門《こちら》に慣れてきた様子が、嬉しい。

二人は互いに酌をして飲みながら、またさっきの向山の隠居の話に戻るのだった。

四

作事方の長官である『作事奉行』の役高は二千石で、幕府のなかでは『町奉行』や『勘定奉行』、『大目付』といった高官に次ぐ、幕臣旗本の男たちにとっては垂涎《すいぜん》の職であった。

作事奉行は、定員二名。このうち五十三歳である「石渡豊前守靖禎《いしわたぶぜんのかみやすよし》」の前職は『佐渡奉行《さどぶぎょう》』で、作事奉行になって今年で九年になるという。

対して、もう一人は四十八歳の「須藤備後守満敬《すどうびんごのかみみつたか》」で、前職は『先手弓頭《さきてゆみがしら》』である。こちらは、まだようやく五年目を迎えたところゆえ、作事奉行二名のなかでは、年齢も経験も上である「石渡豊前守」のほうに発言権があるのは明らかであろうと思われた。

この二名の作事奉行に代わって、配下の勤務状況を監督したり、材木や石など普請に使う材料の確認をしたりするのが、向山皓太郎ら『作事下奉行』五名であった。

五名のうち、一番の古株は四十九歳の「木口阪一郎《きぐちさかいちろう》」で、次が四十五歳の「斉木駒《さいきこま》蔵《ぞう》」、三番手が三十九歳の「橋田七右衛門《はしだしちえもん》」で、ここまでの三人はそれぞれ作事方の下役から、叩き上げで作事下奉行まで上がってきた男たちである。

その三人に対して、四番手であった三十七歳の「向山皓太郎」と、三年前に下奉行になったばかりで同じく三十七歳の「常積三十郎《つねづみさんじゅうろう》」の二人は、『勘定方』の下役である『支配勘定』という、いわば外部《そと》から入ってきた者たちだった。

皓太郎の向山家は家禄百俵の旗本ではあったが、祖父も父親も無役だったため、皓太郎は「とにかく無役から抜け出さねば……」と算術の才を生かして、『勘定方』の下役である役高・百俵の『支配勘定』になったのである。

この支配勘定は、幕府の諸経理を担当するゆえ、実際に算術の能力がないと勤められない役ではあるのだが、普通であれば向山皓太郎のような旗本身分の者が就く役職ではなく、御家人身分の幕臣の就く下役である。

だが支配勘定の役高は、御家人の職としては高禄の百俵で、向山家も旗本ではあるが家禄は百俵なため、「私は旗本ではありますが、是非にも支配勘定となって、幕府にご奉公を尽くしたい」と自ら志願すれば、新任者が求められた際の選考の対象に加えてもらえたのだ。

もう一人の下奉行である「常積三十郎」も、向山皓太郎と同様の経路をたどって支配勘定になり、皓太郎よりは一年ほど遅れはしたが、めでたく三年前、れっきとした旗本の職である『作事下奉行』へと出世を果たしたという訳だった。

「いや、ご筆頭。これでようやく、すっきりといたしました」

爽やかにそう言ってきたのは、牧原佐久三郎である。

今、十左衛門は牧原と二人、ちょうど誰も使っておらずに空いていた目付方の下部《した》屋にやってきて、話し始めたところである。

まずは十左衛門が先に、自分が調べてきた作事方の人員の名や出自、前職などについて、書き留めてきたものを見せながら説明していたのだが、五人いる作事下奉行のうち古参の三名が叩き上げで、向山以下の二名が他役《よそ》から上がってきた者だと聞いたとたん、牧原は目を見開いてきたのである。


そうして普段おとなしい牧原にしてはめずらしく、いささか興奮気味に、幾つもの書付を二つの山に分けて並べてきた。

「ちとご覧くださりませ。こちらの山が木口、斉木、橋田の古参三名が受け持ちの工事でございまして、もう一つのこちらの山が、向山や常積の担当いたしました工事の書付なのでございますが……」

そう言って、二つに分けた山からそれぞれ一枚ずつ手に取ると、十左衛門に差し出してきた。

「こちらは古参の木口のもので、こちらのほうが、向山皓太郎が担当の普請でございます。どちらも昨冬に行われました修繕工事なのですが、これが何と申しましょうか、工事の監督をいたしますには『つらさの程度《ほど》』が随分と違いまして……」

木口が監督した普請は、西ノ丸御殿《にしのまるごてん》の廊下の修繕で、いわば屋内の工事であったが、向山が担当の普請は、本丸御殿の裏手にある『北桔橋門《きたはねばしもん》』の門扉《もんぴ》や屋根瓦《がわら》の修繕である。

北桔橋門は名前の通り、御殿の北側にあたる門であり、門の先にはお濠《ほり》を渡る橋が架かっているのだから、お濠から吹きつける北風を避けようもなく身に受けねばならない冬場は、工事の職人たちはむろんのこと監督につかなければならない下奉行も、随分と難儀することと思われた。

「とりあえず右筆方から拾い出してまいりましたのは、三年前の普請のものまででございますが、普請の場所と担当の下奉行をすべて確かめてみましたら、もうあまりに『あからさま』にてございまして……」

そう言って牧原が渡してきた片方の山は、どれも皆、向山か常積が担当した普請の書付であったが、見ればたしかに「これは屋外の仕事になるだろう」と、予想のつく普請現場ばかりである。

一方、古参三名の木口・斉木・橋田が受け持った普請の書付の束を一枚一枚たしかめてみると、実際、屋内で済みそうな仕事がほとんどで、ことに梅雨時《つゆどき》や夏場や冬場といった外仕事が辛い時期の屋外の普請は、すべて向山と常積の二人だけが担当となっていた。

「いやこれは、新参いびりか、よそ者への嫌がらせかは判らぬが、ひどいものだな」

十左衛門が顔をしかめると、

「まことに……」

と、牧原もうなずいた。

「今、ご筆頭より出自や前職のお話をうかがって、『これははっきり、木口らに横暴がある』と確信いたしました。やはりこうした古参の者らが画策をして、向山に罪をなすりつけたのでございましょうか？」

「うむ……。したが牧原どの、どうにもこう、ピンとこぬのだ」

難しい顔をして、十左衛門は先をこう付け足した。

「『寒空の現場嫌さに、向山たちに押し付ける』というのと、『横領の罪をかぶせて、切腹や御家断絶にまで追い込む』というのでは、悪事の性質《たち》があまりにも違うであろう？　どうにも、そのあたりが気になってな」

「いや、ご筆頭、まことに……」

十左衛門の言わんとしているところは、牧原にも通じたようだった。

「作事方の者らのなかに、向山や常積ら『よそ者』を、良うは思わない風潮はあるのやもしれませぬが、それがこの一件と繋がりますには、まだ別に何ぞかあるということで……」

「おそらくな……」

やはり斗三郎のように、作事方の懐のなかに潜入するようにして、内部《なか》から探らねば、深いところまで見えてはこない。

そんな風に考えたのが、勘の鋭い牧原には伝わったのかもしれない。

「あの、ご筆頭。あれより橘《たちばな》から、何か連絡は？」

「いや……」

と、十左衛門は首を横に振った。

「それがいっこう、うんともすんとも言ってこぬのだ。もう四日だぞ」

「無事でございましょうか？　まさか、作事方《さくじ》のなかに何ぞかあり、巻き込まれたということは……」

「いや、それはあるまいて。見た通り、万事、柳《やなぎ》の枝のごとくだが、したたかで頑丈な奴ゆえな」

　だがその頼みの綱の斗三郎は、あれっきり、五日過ぎても六日過ぎても、いっこうに戻ってはこなかったのである。

五

　待ちに待った斗三郎からの連絡が来たのは、実に十日を優に過ぎてからのことだった。その報告を聞くため、十左衛門がさっそくに、再び自分の屋敷に牧原や斗三郎を集めたのは、当然のことである。

「存外に調査《しらべ》に時間《とき》がかかってしまい、申し訳ござりませぬ」

　詫びの一言から始まった斗三郎の報告は、だがさすが、敏腕の徒目付組頭らしく、目覚《めざま》しいものだった。

「初手は、やはり作事方《さくじ》より、船手方《ふなて》のほうが口が軽かろうと思いましたもので、新堀町の船蔵に出入りの荷運び人足に混じりまして、話を仕入れてまいりました」

幕府の官船や船蔵の管理をしている『船手方』は、その官船を使っての物資の水運も担当している。それゆえ御船蔵の置かれた町場には、自然、荷運びで日銭を稼ごうという男たちが集まってくるのである。

斗三郎は、そうした男たちに混じって自分も日中は人足として働き、夜はそのまま仲間たちとともに飯屋や酒場に繰り出してという風に、できるだけ短い日数で情報を仕入れるべく動いていたのだ。

「ただそうして船手の人足として働いておりましたら、上手《うま》い具合に、作事のほうへも繋がりまして……」

船荷運びの人足として船手方に雇われている男たちのなかに、「少し前までは御船蔵の修繕工事の下働きとして、作事方に雇われていた」という者たちがちらほらと現れて、一緒に飲めるようになったというのである。

「その者らが申しますには、向山皓太郎が捕まって担当を下ろされてより、日雇いの賃金が急に引き下げになったということで、それゆえ作事から船手のほうへと人足《ひと》が流れたそうにございました」

「ほう……」

と、十左衛門は身を乗り出した。

「なれば向山がいた時分のほうが、『人足の費用《かかり》』一つ取っても、高う支払っておったという訳だな」

「はい。日程もあまり突貫の普請にならぬようにと配慮がされておりましたそうで、雨のひどい時にはもちろん、川風が強うございます時にも『煽《あお》られて、足場から落ちでもしたら大事《おおごと》だから……』と、外にての工事は止めて、船蔵の屋内《なか》でできる作業をするようにと、指導いたしておりましたようで……」

だが向山が捕まり、代わりに「橋田」という作事下奉行が担当に就いたとたん、賃金は引き下げになるわ、雨風のひどい時でも外で働かされるわで、向山の下で働いていた者たちは皆、そのあまりの待遇の劣化に腹を立てているということだった。

「私が近しくなりました幾人かの者たちは、今も向山を慕うておりますようで、『いつかまた向山さまがお戻りになった時には、船手を辞めて作事のほうへ戻るつもりだ』と、かように申しておりまして……」

「なに？」

と、十左衛門が喰いついてきて、その隣で牧原も、目を真ん丸に見開いていた。

「では普請場の者たちは、向山が切腹したことを、いまだに知らぬということでござるか？」

訊いてきたのは牧原のほうで、これまでは義兄弟《きょうだい》どうしである十左衛門と斗三郎に遠慮して聞き役にまわっていたのだが、とうとう我慢ができなくなってきたらしい。

その牧原に「はい」とうなずいて見せると、斗三郎は、今度は義兄《あに》と牧原とを等分に見つめて、こう言った。

「切腹したのを知らぬどころか、横領の疑いを受けていたことさえ知らぬようにてございまして、人足たちの口からは『横領』の『お』の字も出たことはございません。向山が捕らえられ担当を外されましたのは、四月《よつき》前に起こった『足場崩《くず》れ』の責《せき》任を問われているものと、皆そう思うておりまする」

「足場崩れ？　向山の普請で、足場崩れがあったというのか？」

目を剝いた十左衛門に、「はい」と、斗三郎はうなずいて見せた。

「外壁の塗り直しや、傷んだ瓦の修繕のため、船蔵の周囲に足場が組まれていたのでございますが、その足場の一部が崩れ、二人ばかり大工が落ちて怪我をいたしたそうにございまして……」

今はもう外壁の工事は終わり、足場も解体されたそうなのだが、当時はぐるりと船蔵を囲って足場が組まれていたそうで、崩れた場所は川沿いの一辺の、川に迫り出した形で足場が組まれていた部分だったらしい。

川底に突き立てる形で、足場を支える縦《たて》の柱が何本も立てられていたのだが、上流から流されてきた何かが当たったものか、縦の柱の一本が折れ、それにつられて横に渡した平板がバッキリと割れて、その横板の上で作業をしていた大工二人が、落ちてしまったというのである。

「ただ幸い落ちた先が川のなかでございまして、別の柱につかまって流されもせず、怪我の程度も大したことはなかったそうなのでございますが……」

別の現場の監督をしていた向山が、報せを受けて駆けつけた時には、すでに二人は医者の手当ても受け終えて、焚き火の前で雑談をしていたそうなのだが、向山は真っ青な顔をして、「大事はないか？　痛むところはないか？」と、二人を案じ続けていたらしい。

「『私のせいだ。すまぬ。すまぬ』と繰り返して、かえって二人が恐縮するほどだったそうにございまして……。そんな姿を見たせいもあるのでございましょうが、普請場の者らは一様に、向山が『足場崩れ』の責を負うて捕らえられているものと思い込んでおりますので」

「……作事方は、一体、何をいたしておるのだ」

不機嫌にそう言い出したのは、十左衛門である。

「普請場の者らには『横領』の話をせず、一方、逆に征右衛門どのがほうには『足場崩れ』を隠しておるということであろう。おそらくは、こたびの一件を問うてきた大目付方にも、足場崩れの事実は隠しておるに違いないぞ」

「さようでございますね」

牧原も乗り出してきた。

「『人足の賃金のこと』といい、『雨風に事故を怖れて、作業を止めさせていること』といい、向山が公金を横領するとは思えませぬ。さすれば、やはり『横領の話』自体が嘘なのでございましょうから、そうして嘘をこしらえてまで、作事方の誰ぞが向山を排斥したかったということで……」

「うむ」

と、十左衛門も、いよいよもって険しい顔をして言い放った。

「『作事方の誰か』というより『作事方自体』が、向山を黙らせようといたしたのであろうよ。さもなくば、ここまで見事に『足場崩れ』を『横領』に差し換えられまい」

「さようで……」

牧原は何度も大きくうなずいていたが、その横で斗三郎は、まだ何か腑に落ちぬところがあるようで、小さく首を傾げている。

「ん？　どうした、斗三郎。何ぞかあるか？」

「はい……」

義兄に話を振ってもらえて言いやすくなったか、斗三郎は言い出した。

「四月《よつき》前の『足場崩れ』に何ぞかあり、それを向山に公表されぬよう画策したのは明白かと存じますが、向山はそれを何ゆえ黙っていたのでございましょう？　もし向山に、その何ぞかを摘発するつもりがありましたならば、『預け』になった先の遠縁で、何ゆえ話してしまわなかったものかと……」

「いや、そこよ」

と、十左衛門は一膝、前に乗り出した。

「『横領などしていない、無実だ』と主張しておきながら、他はいっさい何一つ、事情のごときものを話さなかったというのが、どうにも解せぬのだ」

「はい。実は私も……」

横手からそう言ってきたのは、牧原である。

「足場が崩れた一件を、『自分のせいだ』と謝《あやま》っていたというのも気になっておりまして……。向山自身、その足場の一件に関わっていたのやもしれませぬ」

「うむ」

うなずくと、十左衛門は先を続けて、いきなり言った。

「されば、やはり『常積三十郎』に訊くしかあるまい」

常積は向山と同様、『支配勘定』から作事下奉行に上がってきた、いわば「よそ者組」である。向山と二人、古参の木口ら三人に、何かと辛酸を舐めさせられていたに違いないのだ。

「さようにございますね。唯一、こちらが狙えますのは、そのあたりかと……」

牧原がそう言うと、横で斗三郎もうなずいて、

「義兄上《あにうえ》」

と、今度は十左衛門に向き直ってきた。

「繋ぎはさっそく明日にでも取ってまいりますが、常積と話をいたしますに、どこがよろしゅうございましょう？」

たしかに、いきなり常積の屋敷に乗り込んで、万が一にも他の作事方の者と鉢合わせにでもなってしまったら、聞き出したいことも訊けなくなる。

さりとて城内《しろ》で、目付方の下部屋などに呼び出すというのも、よけいに人目に触れそうで怖かった。

「妹尾家《ここ》にいたそう」

場を決めてそう言うと、十左衛門は続けて日まで定めて、こう言った。

「こちらはいつにてもよいのだが、繋ぎが取れたらそのままに、ともに妹尾家《ここ》まで道行きするぐらいでなければ、逃げられるやもしれぬぞ」

「はい」

と、斗三郎は、にやりとした。

「なれば、その場は義兄上の名をお借りしてでも、連行いたしましょう」

そうしてその言葉の通り、敏腕の徒目付組頭は、さっそく翌晩には常積三十郎を引き連れて、妹尾家を訪れたのであった。

六

「目付の妹尾十左衛門にござる。こたびはかように急な呼び出しをいたして、まことにもって相すまぬ」

通した客間で常積と向かい合うなり、十左衛門がそう言うと、噂に高い目付筆頭に詫びられて驚いたか、常積はあわてて頭を下げてきた。

「とんでもございませぬ。お初にお目にかかります。作事下奉行の常積三十郎にてございまする」

平伏している常積の背中は、思いのほか、がっしりとしている。それに少なからず驚いている自分に気がついて、十左衛門は苦笑していた。

たぶん自分はあの時の、こちらに平伏していた向山征右衛門の細い背中と比べているに違いない。だが今、目の前にいる常積とあの向山征右衛門は、親子ではなく赤の他人で、征右衛門の息子である「向山皓太郎」を見ることは、永遠にできないのだ。

横領という不名誉な冤罪をなすり付けられたまま、腹を切って死んでいった幕臣がいることの重みを、目付として改めて心に刻みつけると、十左衛門は口火を切った。

「そなたに来てもらったのは、他でもない。ありもせぬ横領の罪を着せられて腹を切ったそなたが同僚のことで、知る限りの真実《まこと》のところを話して欲しいのだ」

「…………！」

初めて会った目付が「ありもせぬ横領の罪を着せられて」と、向山皓太郎の無実を言い切ってきたことに驚いているのだろう。常積は、声も出ないようである。

その常積三十郎を真っ直ぐに見据えて、十左衛門は話し始めた。

「そも儂がこたびの一件を知ったのは、向山征右衛門どのが、儂が屋敷に陳情にいらしたゆえだ……」

寒風吹き荒《すさ》ぶ晩に、二刻（約四時間）あまりも屋敷の前で十左衛門の帰りを待って、身体を冷やし、自分では動けぬほどになっていたこと。

まずは支配筋の作事奉行らのもとに行き、次には幾度も大目付方の駆け込み訴えに通って、それでも結局、死んだ息子の汚名を晴らすどころか、息子が一体、何をどう横領したのかさえ教えてはもらえず、征右衛門は自分自身『越訴』の罪を負う覚悟をした上で、目付方の十左衛門の屋敷に陳情に来た経緯も話して聞かせた。

「倅どのの最期を語るにも取り乱さず、道理も礼儀も通した上で、皓太郎どのの雪辱を果たさんとするあの姿を見れば、『この父親《ちち》の息子であれば、横領などという不正はすまい』と、誰にでも見て取れよう。よって拙者も、征右衛門どのが陳情を請け負うた次第であるが……」

十左衛門はここで話を打ち止めて、「常積三十郎どの」とどうした訳か、常積を姓も名も通しで呼んで、改めて向き合った。

「そなた、征右衛門どのより『皓太郎どのが最期』のご様子を聞かれたか？」

「いえ……」

と、常積もこちらに目を上げてはきたが、顔面は蒼白になっている。

その常積三十郎に、皓太郎が遠縁の者としたという最期のやり取りについて話して聞かせると、十左衛門は話をこう引き結んだ。

「皓太郎どののこのご最期、そなたは何と見られる?」

「…………」

だが常積はすでに深くうつむいて、何も答えられないようである。

よく見れば、小さく身体を震わせているらしく、腹の前で握り締めた両手のこぶしが、ガクガクと震え続けていた。

「『もしやして上司《うえ》に遺恨があるのか?』と遠縁の御仁に訊かれ、『ある』とも『ない』とも、あえてどちらにも取れるよう答えて果てた皓太郎どのの本意を知るのは、そなただけでござろうて」

「…………」

震えが止まらない左手のこぶしを、もう片方の震える右手で必死に押さえつけて、常積は気の毒なほどに小さく身を縮めている。

そんな常積が可哀相《かわいそう》でたまらず、十左衛門は思わず目をそらしたくなったが、それでも懸命に心を鬼にして、十左衛門は「止《とど》め」の一言を口にした。

「皓太郎どのが腹に刻んだあの三刀は、常積どのが御名、『三十郎』の『三』の字だ。

どうだな、常積どの。さようではござらぬか？」

「……うっ……」

腹に握っていた両手をばったりと畳につくと、常積三十郎はそのまま崩れるように平伏してきた。

「……ご慧眼《けいがん》の通りにございましょう。向山は、たぶん私に『何としても、おまえが普請場の者らを守れ』と、そう……」

向山皓太郎がずっと上役たちに掛け合っていたのは、足場の木材についてのことであったという。

こたび崩れた足場のことだけではない。

御船蔵に架けた足場のことだけではなくて、ここ幾年もの間で作事方が取り扱ってきた普請で組まれた足場のすべてについて、皓太郎は古参の下奉行である木口たちや、作事奉行の石渡豊前守と須藤備後守の二人に対し、「材木の新調」を求めて掛け合っていたというのだ。

「材木の新調、とな？」

「はい」

常積はうなずくと、その内容を詳しく説明し始めた。

「足場の材は、建築の材とは違い、普請が済んだ後にも木材の形で残りますので、それを次の普請場にて、再び足場の材として使うこともございます。ただそれがあまりにも、ぞんざいになっておりまして……」

足場は外面の工事が終わって要らなくなると解体される訳なのだが、バラバラにしたその材を、縦木も横木も一緒くたにまとめて、作事方が管理している材木置き場の隅にバサッと転がしておくだけなのである。

「おそらく以前は木材の傷み具合を確かめた上で、傷んだものは廃棄にまわし、残った材についても長さや太さを見て仕分け、保管していたはずなのでございますが、向山や私が作事方に入りました頃には、すでに足場の材の置き場は、まるで廃材の捨て場のごとくになっておりまして……」

そのなかから、せいぜい良い材木を選んで自分の普請場に持っていくのが、自分たち下奉行の腕の見せどころの一つなのだと、古参の木口たちにそう言われ、向山も常積も、懸命にまともな材を選んで使っていたそうだった。

「ですが、近頃はもう、本当にひどいものばかりになっておりまして、おまけに古参の方々と普請の時期が重なってしまいますと、良いものは先に選んで持っていかれてしまいますので……」

縦木の材なども、一本だけではとてものこと危なっかしくて使えぬような代物を、二本合わせて釘で打ち付けて使ったりと、向山も常積も必死で工夫していたという。

そんな矢先に起こってしまったのが、今回の御船蔵での足場崩れだったのである。

「『とうとう来たか』と申しますのが、私の最初の本音でございました。『これはいけない。自分の今の普請場は大丈夫か？』と、木材の目利きのよい大工を連れまして、すぐに自分の普請場を見てまわっておりました」

だが常積がそうやって自分の現場の安全を確かめようと、幾日もかけて見てまわっている間に、向山は古参の木口らを飛び越えて、作事奉行たちのところへ直訴に行っていたらしい。

「私がそれを知りましたのは、『向山が御船蔵の普請で横領をして捕まった』と、木口さまから聞いた時でございました……」

自分が抱える幾つかの普請場をまわり、夕刻、事務仕事を済ませに作事方の詰所に顔を出した時だったそうで、いつになく古参の木口が真っ青な顔をして「ちと常積どの、こちらへ……」と、人目のない詰所の奥へと誘ってきたかと思ったら、こそこそと小声で向山の話をし始めたのだそうだった。

「そもそも木口さまが向山どのの話を知ったのは、お奉行さま二人に呼ばれて、お城の詰所に参られた時だったそうにございますのですが、『向山どのが横領などするはずはない。何かの間違いであろう』と、木口さまもそう思われて、『向山は何をどう、横領いたしたのでございましょうか？』と、その場にて訊いてくださったそうにございまして……」

するると、二人いた作事奉行のうちの上席の石渡豊前守が、白々《しらじら》とした顔をしてこう言ってきたというのだ。

「向山は、かねてより足場の材の代金《だい》として出されていた公金を、足場の材はいっさい買わずに、ずっと横領していたようだ」

と、豊前守は、そう言ってのけたのである。

「これまでに、私たち下奉行のもとにまわってきておりました見積もり書には、足場の材の費用《かかり》など、いっさい計上されていたことはございません。それは私や向山どのだけではなく、古参の皆さまの普請でも同様だったそうにございまする。それゆえ木口さまも豊前守さまのお言葉が恐ろしくてたまらず、何も言えずに、急いでその場をお暇なさってきたそうにございまして……」

豊前守の主張である「向山が足場の代を横領した」という話は、普請場で一度でも向山とともに働いたことのある者なら、すぐに「嘘だ」と見破るに違いない。

つまりは普請場の者らには、「横領」などという言葉を聞かせては駄目だということで、向山が捕らえられた理由については「足場崩れの責任を問われてのことだ」という風に伝えねばなるまいと、木口は常積にそう言ったということだった。

「木口さまから、すべてお聞きになったのでございましょう。斉木さまも、橋口さまも、もういっさい向山どのの話はもちろん、足場の話も、見積もりの話もなさらぬようになりました。かくいう私も、お奉行さま方が恐ろしくてたまらず、のちに向山どのが『お腹を召された』とうかがったというのに、ただもう陰で、情けなく一人の時に泣くばかりで、何もできずにございまして……」

　そう言って顔を伏せている常積三十郎の声は、すでに湿って震えている。

　向山皓太郎は、たぶん常積や木口ら下奉行の同僚たちがこうなることを予想していたのであろう。

　実際、自分にどういった形で横領の罪がなすり付けられるのか、そこまでは想像できなかったのかもしれないが、向山は自分が「足場崩れ」のことではなく「横領」で捕らえられたと知った時点で、作事奉行たちに画策されたのだと判ったに違いない。

　自分はもう捕らわれの身で、実際にどういう形で画策されているのかも知ることはできないのだから、向山は「自分は横領などしていない。無実だ」と主張するより他に、何もできなかったのだ。

そんな絶望の日々のなか、何をどう考えて「切腹」に走ってしまったのかは判らないが、いざ腹を切ろうとした時に、後々の普請場の安全を願って、朋輩《ほうばい》である常積三十郎に「自分の代わりに、足場の建材の新調を頼む」と、文《ふみ》のごときを腹に刻んだのかもしれなかった。

「向山どのが捕らえられた際《とき》に、すぐに私が『駈け込み訴え』にうかがっていれば、このようなことには……」

ぼそりと、そう言った常積三十郎に、

「いや……」

と、十左衛門は首を横に振って見せた。

「幕臣の監察も指導も、我ら目付方のお役目だ。『目安箱』や『駈け込み訴え』に走らずとも、正規に我ら目付方のもとに陳情の文なりと、出してくれればよいのだ。さすればこうして必ずや、真実《ほんとう》のところをあばいて見せる」

「はい……。まこと、己の浅慮《せんりょ》が、情けなく……」

畳に手をついて男泣きに泣き出した常積三十郎を見ていられずに、十左衛門は静かにその場から立ち上がった。

その十左衛門の衣擦れの音に、常積はいよいよ「うっ……」と、込み上げるものがあったらしい。赤の他人の、それも目付の屋敷だというのに、はっきりと声を上げて泣き始めた。

「義兄上《あにうえ》」

声には出さず、口の動きだけで、斗三郎が声をかけてくる。斗三郎は、さっきから座敷の隅で控えて、話の一部始終を一緒に聞いていたのだが、今はさかんに十左衛門《こちら》へと目配せをしてきており、「あとは自分がついているから、大丈夫だ」と言いたいようであった。

その義弟に、こちらも「頼む」と口の動きで伝えると、十左衛門は座敷を出て廊下を歩き出した。

閉じた襖の向こうから、はっきりと常積の嗚咽《おえつ》がまだ聞こえていて、十左衛門の胸を抉《えぐ》り続けていた。

さっき常積に言って聞かせた通り、皓太郎が捕らえられた時点で常積が目付方《こちら》に助けを求めてくれていたならば、十中八九、向山皓太郎はあの父親を残して死なずに済んでいたのである。

だが常積も、征右衛門も、端《はな》からこちらを頼ってくれようとはしなかったということで、それはおそらく十左衛門ら目付方の「在りよう」にも問題があるのかもしれなかった。

幕府から幕臣の監察を預かる目付方としては、何をどう周知していくべきなのであろうか。

監察される側の幕臣たちにしてみれば、たしかに目付方《こちら》は「近寄りたくない存在」であるに違いない。また逆に、そうしてある程度は「怖がって」もらわなければ、幕臣たちの間に今以上に怠惰やら悪癖やらが広がることにもなりかねない。

そんな「煙たい存在」でありながら、いざ、こたびがような窮地の際には「目付方を頼ろう」と皆が思いついてくれる存在になるためには、一体どうしたらよいというのであろうか。

だが今回のこの苦い経験を、すぐにも生かすべき大事なことに思い当たって、十左衛門は早くも前を向くのだった。

七

数日経った昼下がりのことである。

十左衛門は、五人いる大目付の一人である「東崎甲斐守惟満《ひがしざきかいのかみこれみつ》」の屋敷を訪ねて、「駈け込み」を行っていた。

この屋敷の当主は、今ちょうど『駈け込み訴え』の当番をしている大目付なのである。牧原に頼んで、「駈け込み訴えの当番が、今は誰なのか」を調べてもらってきたのだが、十左衛門にとって、一点しごく幸運だったのは、東崎甲斐守が昔の知己だったことであった。

甲斐守が大目付になったのは去年の春のことで、五人のなかでは新任の大目付ではあったが、甲斐守の前職は『日光《にっこう》奉行』、その前は『佐渡奉行』を務めており、その佐渡奉行になる前には、目付方で十左衛門の先輩目付として働いていたのだ。

もうとうに五十を過ぎたはずの甲斐守が目付方にいたのは、二十年近くも前のことである。

その頃はまだ二十代で、いわば新参目付であった十左衛門は、先輩目付たちに揉まれての目付修行の最中で、東崎にも日々大いに気を遣ったものである。

それでも今日こうして大目付の屋敷に「駈け込み」に来なければならないのなら、やはり知己でもあり、目付の職にあった東崎甲斐守のほうが、どれだけ話しやすいかしれなかった。

「ほう……。されば向山の仲間であった常積だけではなく、古参の三名の下奉行も、こたびの一件には関わってはおらぬということだな？」

「はい」

と、甲斐守に答えてうなずいているのは、十左衛門である。

大目付方の『駆け込み訴え』の制度を利用して、今日こうして当番の甲斐守の屋敷へと駆け込んできた十左衛門は、ちょうどすべての経緯《いきさつ》を話し終えたところであった。

「この先の調査《しらべ》の際に、もし正規に誰かの証言がなくてはならないとなれば、常積が『自ら証言の場に立つ』と約束いたしておりました」

十左衛門が報告すると、甲斐守は、にやりと笑ってこう言った。

「貴殿がことは、佐渡や日光にいた時分から、あれやこれやと噂には聞いておったが、さすが御老中方々の覚えもよい『目付筆頭の妹尾十左衛門』は、万事、仕事にそつがないようだな」

甲斐守の口調は、大昔の関係性を引きずってか、まるで新参の若者をからかうような匂いがしたが、そんな小さなことは、この際どうでもいいことである。

「とんでもございませぬ」

　と、十左衛門は本気で首を横に振ると、その先を足して、こう言った。

「こたびの一件《こと》とて、もし我ら目付方が、いま少し幕臣の誰もにとって頼りやすき存在であれば、木口や常積が奉行らの思惑を知った時点で、目付方《こちら》に駈け込んできたことでございましょう。そうはならなかったということが、まこと目付方の筆頭としては、情けないかぎりにござりまする」

　そう言って甲斐守に向かい、改めて平伏すると、十左衛門は先を繋げた。

「向山が一命を守れなかった事実《こと》は、この先も後悔として残りましょうが、何より今は普請場の者らを守らねばなりませぬ。さすれば、どうか甲斐守さまより、我ら目付方にお命じをいただきたく……」

　明日にでもまた再び向山征右衛門に『駈け込み訴え』をさせて、以前と同様に陳情をさせるから、是非にもそれを受け付けてもらい、

「こたびの『駈け込み』は幕臣の一件ゆえ、これよりは目付方にて、しっかと相調べるように……」

　と、当番の甲斐守から命じてもらえれば、自分ら目付方が正式に作事奉行の二人へと斬り込むことができるのである。

　嘘も衒《てら》いもなく真っ正直にそう頼んで、十左衛門が畳に平伏していると、前で甲斐

守は笑い出した。

「よいよい、相判った。昔のよしみで、そなたの申す通りに踊ってやろう」

「ははっ。有難き幸せに存じまする」

平伏のままそう言った十左衛門の頭の上から、甲斐守の笑い声が聞こえてきた。

「どうも儂がおった昔より、今のそなたが筆頭の目付部屋がほうが、居心地が良さそうだな」

「…………」

甲斐守の明るい声を聞くかぎり、存外に本音のようで、とたん昔の「ご筆頭」の顔がチラついて、何とも答えようがなくなってしまった。

見るからに困って押し黙っている十左衛門の姿に喜んで、甲斐守は上機嫌に笑うのだった。

八

征右衛門の形ばかりの『駈け込み訴え』が受け付けられると、その後は早かった。

十左衛門は牧原や斗三郎と手を分けて、作事奉行たちの居所となっている本丸御殿内の詰所を手始めに、下奉行ら作事方の下役たちが使う城外の詰所や、懸案の足場用の材木がごみ捨てよろしく集められている材木置き場などに、いっせいに踏み込んで、見事、作事奉行の悪事の摘発に成功したのである。

石渡豊前守と須藤備後守の二人は、最終的に自分ら作事奉行の手を経て老中方へと提出される普請工事の見積もりを、普請のたびごとに二重帳簿のようにして、「足場の材の代金」を書き加え、幕府に出す見積もりに計上していたのだ。

そして逆に幕府から作事方へと普請用の公金が下りてくると、そのなかから「足場代」を抜き取って、奉行二人で取り分けてと、もう幾年もの間、甘い汁を吸い続けていたのである。

向山皓太郎を冤罪に陥れた経緯についても、奉行二人は白状した。

御船蔵の足場が崩れたことが契機になって、向山皓太郎がうるさく騒ぎ出したというのである。

「これ以上、あの古材を足場に使うことはできませぬ！　次の普請からは、今の足場の材をゆくゆくは総入れ替えできるよう、少しずつでも足場代を見積もりに計上して新材を買い入れ、ひどい古材から順番に入れ替えていかなければ……」

そんなことをされたら、もう足場代の架空の請求ができなくなってしまう。

焦った奉行たちは石渡豊前守の提案で、自分ら二人がしていた横領をそのまま向山皓太郎がしでかしたことにしようと決めて、向山をいきなり捕縛し、これ以上、騒ぎ立てられないよう、外部との接触を断ち切ったのである。

その上で、木口ら他の下奉行たちにまで騒がれないよう、「もし要らぬ口を利いたら、おまえたちも向山の二の舞になるぞ」と、古参の木口を呼びつけて、しっかりと脅しをかけた。

するとどうやらその脅しが効いたらしく、木口ら下奉行たちは勝手に気をまわして、普請場で働く大工ら職人や人足たちには、「向山が横領の疑いで捕まっていること」を隠し始めたのだ。

一方、その頃、大目付方から「向山皓太郎が何をしたのか、事実関係をすべて書面にて報告せよ」と問い合わせを受けた作事奉行たちは、焦りのなか二人で懸命に知恵をめぐらせて、「船蔵の普請で足場が崩れたことについては、幕府には隠しておいたほうがよかろう」ということになった。

足場崩れを公表し、それを「向山が古い木材を使っていたからだ」と横領の証拠のごとくに報告する手も考えたが、それで正式に幕府から調査が入り、足場用の木材が皆どれも古いものばかりであることがバレてしまったら、向山のせいだけにはできないであろうと、途中で気がついたのである。

それゆえ結果、大目付方や幕府のほうには、

「向山には横領の疑いがございますゆえ、ただいま作事方にて、鋭意、調査《しらべ》の最中でございまする」

と報告し、普請場で働く者たちには、

「向山は、足場崩れの責を問われることになったゆえ、幕府より沙汰が下りるまで、他家へと預けになっておる」

と言い聞かせてあるという、奇妙な二重構造が出来上がってしまった訳だった。

そうした事実がすべて目付方の手によって明らかになり、石渡豊前守靖禎と須藤備後守満敬の二人には、極刑が言い渡された。

御役御免で切腹の上、石渡家と須藤家はお取り潰し。空いた作事奉行二名の席には、新しく別の旗本たちが選ばれることと相成った。

こうして見事、向山征右衛門は、一子・皓太郎の雪辱を果たして、向山家の家督も皓太郎の嫡子である十三歳の向山辰之助《たつのすけ》に引き継がれることとなったのであった。

すべてが済んだある晩のことである。

向山征右衛門はまたも押しかけるようにして、駿河台の妹尾家を訪れていた。

「妹尾さまに、是非にも改めてお礼を……」

と、今度はその一心である。

十左衛門の陰の働きで、こたびの一件が正式な『駈け込み訴え』においての調査となり、征右衛門は『越訴』の罪には問われずに済んだのだ。

不遇に死ぬこととなった倅が哀れでたまらず、何としてでも皓太郎の身の潔白を証明し、「皓太郎の息子に、無事、向山家を継がせてやらなければならない」と、ずっとそのことばかりに心身のすべてを尽くしていて、その間に「妹尾さま」がきっと大変な苦労をして自分の願いを叶えてくださったに違いないと、後でようやくしみじみと気がついたのである。

そんな自分の愚かさをお詫びして、改めて心より「妹尾さま」にお礼を申し上げたいと、居ても立ってもいられない思いに駆られて、駿河台まで押しかけてきたという訳だった。

「いや、もうよい、もうよい。こうして征右衛門どのに喜んでもらえれば、何よりでござるゆえな」

「妹尾さま……」

すべてが終わり、征右衛門も気がゆるんできたのであろうか。陳情に来たあの晩には、皓太郎の切腹の様子を語るにも、ああして必死に感情を抑えていたというのに、今ではもう十左衛門に優しく声をかけられただけでも、目が潤んでくるようである。

そうしてその嬉しさで、つい親としての本音が出たか、問わず語りに話し始めた。

「実を申せば、幹兵衛どのから皓太郎の最期を聞きましてより、折につけ、そのことばかりを考えておりました」

どこで何をしていても思い出し、他のことを考えていても最後には必ずそこに辿り着いてしまうのは、「なぜ皓太郎は幕府からの正式なお沙汰も待たず、切腹してしまったのか」という、そのことであった。

「自分の身の潔白を世に明かしたいのであれば、私なら悔しさに眠れぬ日々が続いたとしましても、何としても命長らえ、己の無実を幕府にも周囲にも信じてもらえるよう主張し続けたことにございましょう。それをなぜ皓太郎は声高に無実も主張せず、幹兵衛どのにああしてわずかに言うだけで、腹を切ってしまったものかと……」

「うむ……」

と、十左衛門もうなずいて見せた。

実は征右衛門の言う通りで、十左衛門自身、どうして向山皓太郎が沙汰も待たずに腹を切ってしまったか、どうにも理解ができぬのである。

だがそれを、自分のような赤の他人が口にしていいものではない。

これだけ息子を想っている父親が口にするのと、赤の他人が憶測で口にするのとでは、たとえ表面は同じことを言っているようであっても、意味合いは大きく異なるに決まっている。他人が息子を評して話をすれば、それはたいてい身内である父親の心を抉るのだ。

その実感なら、かくいう十左衛門も、嫌というほど味わってきている。

流行《はや》り病で両親を亡くした時も、愛妻の与野《よの》を亡くした際も、世の人々はさまざまにお悔やみを言ってくれたのだが、そうした有難い言葉のうちの、ほんの小さな角にさえ、身内《こちら》は勝手に引っかかり、躓《つまず》いて、傷つくのだ。

そんな昔をつい思い出していると、前で急に征右衛門が、少し笑ったようだった。

「いや、ですが、こうして倅を理解できずにおりますというのも、私が老いたからやもしれませぬな」

「…………？」

言葉にせず、こちらも少しだけ苦笑いの体《てい》で首を傾げて見せると、征右衛門は味方を得たと思ったか、パッと愉しげな顔つきになった。

「身に覚えなく罪を着せられ、『たぶんこのまま潔白の証も立たず、自分は罰せられることになるのだろう。なれば、いっそ……』と思いつめれば、若さゆえ血気にはやるということもあるのやもしれませぬ。私なれば、この皺腹《しわばら》を惜しみまして、『ああだ、こうだ』と老獪《ろうかい》に策を練ることでございましょうが……」

「いや、征右衛門どの。拙者とて、その口だ」

十左衛門が素直にそう言ったとたんに、自然、二人で大笑いになった。

本当に、なぜ向山皓太郎が、これほどの立派な父親に再び会おうとすることもなく、切腹を選んだのかが、いっこうに判らない。

今はこうして心から笑っているが、独《ひと》りになれば、征右衛門はまた堂々めぐりに、息子がなぜ切腹の道を選んだのかについて、考え続けねばならぬのだ。

「失礼をいたします」

と、ふいに襖の向こうの廊下から、男の子供の声が聞こえてきた。

「お話の途中に相すみません。茶を替えにまいりました」

襖《ふすま》を開けて入ってきたのは、妹尾家では一番若い、まだ十三歳の若党・飯田路之介《いいだみちのすけ》である。

客間のなかから笑い声がしたから、「今なら茶菓の交換をしに顔を出しても、大丈

夫だ」と思ったのであろう。先に客人の征右衛門の茶菓から交換して、

「少し甘うございますが、煎餅にてございますので……」

などと、にこやかに菓子を勧めている。

「かたじけのうございます。頂戴をいたしまする」

そう言って、さっそく砂糖つきの煎餅を手にした征右衛門に、路之介はしごく満足したようだった。

この中途半端に甘い煎餅、十左衛門は苦手なのだが、路之介も、十左衛門の養子となった笙太郎《しょうたろう》も大好きなのだ。

「殿は？　どうなさいますか？」

煎餅の小皿を掲げて、訊いてきた路之介に、十左衛門は首を横に振った。

「要らぬ、要らぬ。奥で、笙太郎と二人で割って喰え」

「はい」

素直に嬉しげな声を漏らして引っ込んでいった路之介に、前で征右衛門が笑っている。

「いや実は、つい先ごろ『笙太郎』と申す甥子《おいご》を一人、養子に迎えましてな……」

征右衛門に話して聞かせながら、十左衛門はその笙太郎の顔を思い浮かべていた。

そういえば、今はもう自分にも「倅」ができているのである。

その倅がまだ十五歳であり、おそらく奥で路之介と二人、仲良く煎餅を分けて食べているのだろうということが、今とても十左衛門には有難かった。

与野が生きていた頃もそうであったが、時折、十左衛門はしみじみと「時間《とき》が過ぎねばよいのに……」と思うことがあるのだ。

そんな自分に気づきながらも、十左衛門は前で笑顔を見せてくれている征右衛門に、ほっとするのだった。

第四話　御用聞《ごようき》き

一

年が明け、明和六年（一七六九）正月になった。

その正月のようやく松の内が過ぎたあたりのこと、江戸城《しろ》の下馬所の男たちの間に、いささか初春に似つかわしくない下卑《げび》た噂が広まり始めた。

家禄四千石の寄合《よりあい》旗本・江川又左衛門《えがわまたざえもん》が、かねてよりご執心であった他家の旗本の妻女を、とうとう自分の妾《めかけ》として手に入れた、というものである。

この江川又左衛門の噂をいち早く自分の家臣たちから耳にしたのは、十人いる目付の一人、赤堀小太郎乗顕《のりあき》であった。

「幕臣の監察」という目付の仕事柄、下馬所でさまざまに流布《るふ》する噂話や評判などは、幕臣たちの実像を知る上では、やはり一つの足がかりとなる。

それゆえ目付たちのなかには、わざと家臣を下馬所の男たちのなかに放《はな》って、情報収集する者も多く、これは目付同様、さまざまな市井《しせい》の情報を欲しがっている町奉行や諸大名たちも、よくやることなのである。

こたびの江川の醜聞もそんな経緯で赤堀の耳に入り、赤堀の口から目付筆頭である十左衛門に、さっそく報告されていた。

「『他家の妻女を、妾に……』というのですから、さすがに離縁はしてよりのことでございましょうが、ちと気になりますのは、噂の出所でございまして……」

「出所？」

「はい」

赤堀は、先を続けてこう言った。

「『他人の妻女を奪《と》った』と言われておりますほうは、『寄合の江川又左衛門』と、家も名もはっきりと言い立てられておりますというのに、『奪《と》られた』側に関しましては、ただ『旗本』というだけで、どれほど噂を探りましても仔細は出てまいりません。おそらく噂を流しました出所は、妻女を江川に奪られた側の旗本の家中なのではございませんかと」

奪われた旗本側の家臣たちなら、我が主君をいわば足蹴《あしげ》にされたも同様ゆえ、「寄合・四千石の江川又左衛門」と名指しの上で醜聞を流したくなるのもうなずける。

だがその際に、口が裂けても言えないのは「妻を奪われた夫」である主君の名で、ゆえに片側の名や家だけがやけにはっきり言い立てられた、妙な形の噂になっているのではないかというのだ。

「双方が納得のもとで離縁をし、後にその妻女が『側室《そくしつ》（妾）』の形で江川家に入ったというならよいのですが、もしも江川が無理に横恋慕《よこれんぼ》をした果てに、金子《きんす》で買うような真似でもいたしたのであれば、放っておく訳にはまいりませんかと……」

「さようさな」

十左衛門はうなずくと、改めて筆頭らしく、赤堀に向き直った。

「なれば赤堀どの、この一件、お頼みできるか？」

「はっ。ではこれより、さっそくに……」

言うが早いか、赤堀は、早くも目付部屋を後にするのだった。

二

家禄四千石の寄合旗本・江川又左衛門は、今年で四十二歳になったそうだった。

江川のように「寄合」と呼ばれる旗本は、家禄が三千石以上となる無役の幕臣武家である。

幕府では、何の役職にも就いていない、いわゆる無役の幕臣を三千石以上か以下かに分類し、三千石以上の大身《たいしん》を『寄合』、以下を『小普請《こぶしん》』と呼び分けている。

とはいえ、要はどちらも「幕府から禄をいただいているというのに、何のご奉公もできていない幕臣」であることに違いはなく、『寄合金』『小普請金』の名称で、幕府に決められた額の上納金を納めることになっていた。

禄高が二十俵以下だと小普請金は免除になるが、二十俵を越えて五十俵までの者は金二分（一両の半分）、五十俵から百俵までは金一両、百俵を越えて五百俵までの者は百俵につき金一両二分で、五百俵を越える者は百俵につき金二両というのが、幕府の定めた額である。

つまり四千石の江川家は、年間に八十両を寄合金として上納すればよい訳で、あとは自由に、たとえば「贅沢《ぜいたく》をしようと思えばできる」というのが、実際のところであろうと思われた。

その贅沢を、どうやら江川は「側室を持つこと」に費やしているようだった。

「側室は、どうやら二人いるようにてございまして……」

赤堀の命《めい》を受け、江川を調べ始めているのは、徒目付《かち》の高木与一郎《たかぎよいちろう》である。

まずはあらかたの調査《しらべ》について、赤堀に報告に来たところで、今、二人は目付方の下部屋《した》で、余人を入れず話していた。

「けだし『側室』とは申しましても、屋敷のなかに置いている訳ではございませんで、まるで町人の『妾』のごとく町場に小体《こてい》な家を借り、住まわせておるようにてございました」

「ほう……。なれば、下馬所で『妾、妾』と騒がれていたのも、そのあたりが原因《もと》なのやもしれぬな」

「はい」

江川家の屋敷は番町《ばんちょう》にあり、江川は二人いる自分の妾を、番町からも程近い麹町《こうじまち》と山元町《やまもとちょう》にそれぞれ住まわせているそうで、高木は行商の小間物屋《こまものや》のふりをして、近所の町人たちから話を聞き込んできたそうだった。

「まず一人、麴町に囲っております妾のほうは、二十一、二になるそうなのでございますが、どうやらこれも、幕臣の娘だそうにございまして……」

五、六年前、まだ女が十六だという頃に、中年の女中とともに住み始めたそうなのだが、この女中が愛想はいいが、お喋《しゃべ》りで、近所の町人たちを相手に、訊かれるままに何でも喋ってしまっているらしい。

「麻布《あざぶ》に実家のある御家人の娘だそうで、『借金のカタに父親に売られて、江川のところに来たのだ』と、当の娘がその女中に話したそうにございました」

「やはり『売り買い』をいたしておったか……」

十六で父に売られた武家の娘を思い、赤堀は陰鬱《いんうつ》な気持ちになった。自身にもまだ三つの娘がいるから、想像に難《かた》くはない。

借金が嵩《かさ》んで、ほかの家族を養っていくために、泣く泣く十六の娘をどこかに売らねばならないとしたら、おそらくは親たちが一番に「避けたい」と思うのは、吉原《よしわら》や岡場所のごとき悪所の遊女に出すことであろう。

十六になっているなら、他家へ普通に嫁《よめ》に出したいところであろうが、それでは娘一人分の喰い扶持が助かるというだけで、借金返済の役には立たない。

それどころか正式に縁組となれば、嫁入り先に「持参金」を払わなくてはならないから、もとより借金苦のあるような家が、子供を普通に嫁に出したり、婿《むこ》に出したりすることは困難なのである。

「『大身の江川家に、側室に出したのだ』と無理に思えば、父親《おや》はどうにか諦めがつくやもしれぬが、二十も歳上《としうえ》の男のもとに、十六で妾奉公に出された娘のほうはたまらぬであろうからな。『父親に売られた』と、恨んで周囲に吹聴《ふいちょう》したとて、仕方なかろう」

「はい……。『吹聴』と、今の赤堀さまの仰《おお》せの通りで、実家の名や住所《ところ》まで、すべて女中に話したようでございました」

三十俵三人扶持の『大番組《おおばんぐみ》』の同心の一人で、麻布にある大番組の大縄地《おおなわち》内に住み暮らしている岩瀬惣兵衛《いわせそうべえ》というのが、父親だということだった。

「その岩瀬に関しましては、蒔田《まきた》に命じて裏を取らせております」

高木の言った「蒔田」というのは目付方配下の一人で、蒔田仙四郎《せんしろう》という小人目付のことである。この蒔田は目付方配下のなかでも、ことに「切れ者」で通っている男であった。

「けだし『裏を取る』とは申しましても、なにぶん実の娘の申したことにてございますゆえ疑《うたご》うてはないのですが、気になりますのは『どこでどう繋がりましたか』、そのあたりでございまして」

「うむ……。たしかに寄合四千石の旗本と大番組の同心とでは、普通であれば接点のごときはなかろうな」

「はい。『双方の親類縁者が繋いだ』と読みますにしても、やはり、いささか遠すぎるものかと……」

そう言った高木の言いたい先は、赤堀の考える先と同様のようだった。

「『売り買い』をするにあたって、商売《あきない》として『仲立ち』をいたしておる者がいるであろうということだな？」

「はい。武家が我が子の縁組に苦労をするのにつけ込んで、法外な口利き料を取るような輩《やから》は幾らでもおりますゆえ、そうしたうちの誰ぞが、まるで女衒《ぜげん》のごとき商売まで始めておるのではございませんかと……」

大身、小身《しょうしん》にかかわらず、武家社会のなかには、なぜかやたらと顔の広い幕臣はいて、そうした者が、たとえば旗本どうしであったり、御家人どうしあったりと、自分自身の身分に合った範囲内で、他家にいる妙齢の娘や息子を組み合わせて縁組の仲立ちをするというのは、昔からよくあることだった。

だが問題はその仲立ちが、単純に「お節介な世話好き」であるだけか、「口利き料を目当てに、商売に走っているか」の差なのである。

「こたびの岩瀬の娘などは、嫁入りではなく妾奉公の『売り買い』にてございますゆえ、両家を繫いで誰ぞ『仲立ち』がおりますならば、必ずや儲けに走っておりましょうかと……」

「さようだな」

高木の話にうなずいて見せると、赤堀はもう一つ、さっきから気になっていることに話を向けた。

「して、与一郎、もう一人おるという江川又左衛門の妾の話だが、やはりそちらが、下馬所で噂となっていた『旗本の妻女』がほうか？」

江川の妾は二人いて、今話していたほうは「十六歳で、親に売られて妾になった」というのだから、残る一人が「旗本の妻女であった」妾に違いない。

そう思って赤堀は、今、口に出したのだが、意外にも高木与一郎は、うなずきはしなかった。

「いやそれが、山元町におりますほうは、姿形《なり》が『町人の女房』の拵《こしら》えになっておりまして……」

「町人？　では、下馬所の噂は偽りということか？」

「いえ。そこが何とも、判別しきれぬのでございますが……」

その妾が家の外に出てきたところを、高木自身も一度だけ目にしたそうで、着ている着物や髪の結い方は、いかにも大店《おおだな》の内儀《ないぎ》（妻女）という風であるのだが、立ち居振る舞いの端々《はしばし》に、どことなく武家の匂いを感じるところがあったというのだ。

『旗本の妻女であるはずだ』と、こちらが疑って見ているせいもあるのやもしれませぬが、出入りの者らしき商人を送って玄関先まで出てまいりましたその様子なども、どこかこう、武家の風にてございまして」

「さようか……」

赤堀はしばし考えると、調査《しらべ》の先を決めて、こう言った。

「よし。なればこれより、ちと見にまいるか」

「はい。そうしていただけましたら、何よりでございまして……」

嬉しそうにそう言うと、高木はさっそく立ち上がった。

「では、ご案内を……」

「うむ」

正月早々、下馬所にて流されていた得体の知れない下卑た噂の輪郭が、ようやく少し見えてきたようである。

町場での捜査にも慣れている高木にあれこれ世話をしてもらいながら、赤堀は見張りの支度を整えるのだった。

三

山元町にある二人目の妾の家は、大通りからは一本裏手に入った閑静な場所にあった。大きな家ではないのだが、まるで茶人か俳人でも住んでいそうな、なかなかに趣《おもむき》のある一軒家である。

さっきここに来る前に、麹町にあるというもう一人の妾のところにもまわって、家のそばから様子を見てきたのだが、そちらは大通りを横道に折れた先にあり、いかにも「昔は小店《こだな》を開いていたところが廃業した」という風な、しもた屋の造りになっている。

その麹町の妾宅と比べると、山元町にあるこちらは、家の広さも趣も、一段も二段も格上な感じであった。

「そういえば下馬所の噂でも、『かねてよりのご執心を、ようやく妾として手に入れた』という風な触れ込みであったな」

赤堀が小さく言うと、横で高木もうなずいた。

今、赤堀は高木と二人、着流しの浪人たちが立ち話をしている体《てい》で、少し離れた路上から、女の家を見張り始めたところである。

「麴町は『御家人の娘』で、こちらが『旗本の妻女』と考えますと、いよいよもって、こうして家に差がございますのも判るような気がいたしまして……」

「さようさな」

こちらの妾が本当に旗本の妻女か否かは別にしても、こうして家を一見《いっけん》しただけでも、寵愛《ちょうあい》の程度に差があるのが見て取れるようだった。

「こちらも一人、女中がついておりますのですが、麴町とは違いまして、十三、四の小女《こおんな》でございますゆえ、いたって静かでございまして」

「『いたって静か』ということは、近所との付き合いもないということか？」

赤堀が笑って言うと、「はい」と高木も苦笑いで答えてきた。

「麴町の女中とは違い、こちらは子供でございますゆえ、店で買い物などいたしましても、先で話もいたしませんようで……。どうも、さすがの源蔵《げんぞう》も、こたびばかりは困っておるようにてござりまする」

高木に「源蔵」と呼ばれたのは、小人目付の一人、平脇《ひらわき》源蔵である。

今年で四十三になった平脇は、百人ほどいる小人目付のなかでも「古参」と呼べる一人だが、調査《しらべ》の際、屋台店の蕎麦屋《そばや》になったり、振り売りの八百屋《やおや》になったりと、市中の町人たちに溶け込むのが上手《うま》い、実に器用な男なのである。

今回、高木はその平脇に、この閑静で難しい山元町の張り込みをさせていて、今も平脇源蔵は、女の家が見渡せる道の角で、屋台店の稲荷寿司屋《いなりずしや》に化けていた。

と、その平脇が遠くから、小さくこちらに手招きをしているようである。

浪人姿の赤堀と高木は客を装って近づいていくと、平脇から稲荷寿司を買って立ち喰いしながら、そのまま三人で話し始めた。

「今あちらから参りますのが、あの家の女中にてござります る」

平脇が視線で指し示したのは、大通りをこちらに向けて歩いてくる女中姿の小女である。

「おう……」

と、赤堀が苦笑いになった。

「いやなるほど、あの年端《としは》の子供では、近所の女房《かみ》さん連中と立ち話なんぞはすまいな」

「はい……。まこと、いっこう家内《なか》の様子が判らずでございまして……」

平脇もそう言って小さくため息をついてきたが、そんな赤堀と平脇の会話には入らず、なぜか高木は、ちびちびと稲荷寿司を喰い進めながらも、女中のほうを見続けているようである。

そうして小声で、赤堀ら二人に向けて、こう言ってきた。

「女中のすぐあとを参りますす商人《あきんど》でございますが、あの男、昨日は麹町の女のほうに顔を出しておりました」

「なに？　まことか？」

「はい。あれはたしかに、昨日の見張りで見かけた者で……」

と、小さく話している間にも、女中とその商人は、こちらへと近づいてくる。

いったん急ぎ話をやめると、赤堀は平脇に銭を渡してもう一つ、稲荷寿司を買って頬張り始めた。

そんな赤堀ら三人の横をかすめるようにして、女中と商人の男が角を曲がって横道に入っていく。あちらの二人に気づかれぬよう、目の端《はし》でさり気なく眺めていると、高木の予想通り、商人は女中とともに妾の家へと入っていった。

「同じ男か？」

赤堀が再度たしかめると、高木は「はい」と大きくうなずいた。

「見間違いはございません。同じ商人にてござりまする」

「私がほうは、まるで初めて見る顔で……」

勇んでそう言ってきたのは、平脇源蔵である。

「第一、ここで見張りを始めてより、あの家に江川のほかに、男が来たことはございません。私が振り売りの八百屋の体《てい》で、わざとあの家に声をかけました際にも、あの女中に『うちには他人《ひと》を入れられないから、もう絶対に来ないでくれ』と、断られたほどでございますので」

「ほう。なれば、おそらく江川から『この家に男は入れるな』とでも言われておるのであろうが、あの商人だけは、なぜか『別』ということか」

「はい……。ですがその『別』というのが、江川の使いであるゆえか、江川に内緒であるゆえかが……」

高木がそう言いかけた時である。女の家の玄関の戸が開いて、さっき来たばかりのあの商人が、女と女中に見送られて玄関の外へ出てきた。

遠すぎて、声など微塵《みじん》も聞こえてはこないのだが、やはりどうやら、ただの「客」と「商人」ではないらしく、普通であれば客であるはずの女のほうが、やけに何度もていねいに頭を下げている。

そうして挨拶《あいさつ》を済ませると、今度は商人の男だけがこちらのほうへと歩いてきて、赤堀ら三人のいる角を曲がって、大通りへと出ていった。

「ちと私、あやつを追ってまいりまする」

言うが早いか、高木は男を追って通りへと飛び出していった。

「よし。なれば源蔵、私も城に戻る。難儀《なんぎ》であろうが、引き続き、ここを頼むぞ」

「はっ。心得ましてござりまする」

頭を下げてきた平脇にうなずいて見せると、赤堀は手に残っていた稲荷寿司を口のなかに放り込んで、歩き出すのだった。

四

商人の男を追った高木与一郎が、山元町の平脇源蔵、麴町の蒔田仙四郎の二人を連れて、赤堀のもとへと報告に来たのは、翌日のことであった。

「あの男、どうやら『万屋《よろずや》』と申すようなのでございますが……」

目付方の下部屋で報告の口火を切ったのは、高木与一郎である。

高木が追っていった商人の男は、あの後、山元町から麴町の妾の家にもまわり、そこでも妾と女中二人に、やけに丁重に見送られて、次には番町の武家町のほうへと足を向けたという。

「妾二人のところから、そのまま番町へと入りましたもので、『これはもう十中八九、江川の屋敷に向かうだろう』と思うておりましたのですが、何やら別の、もっと小体な屋敷に入っていきまして……」

そこでもまた、なかに入って幾らもしないうちに外に出てきたそうなのだが、帰る男を見送って、屋敷の住人と思《おぼ》しき子供たちが三人、門の外まで出てきたという。

「子供？」

目を丸くした赤堀に、「はい」と高木は先を続けた。

「一等上が十五、六と思しき娘子《むすめご》でありまして、妹らしき者が十二、三というところ。その下にも五つくらいの男の童《わらべ》がいたのでございますが、上の姉らしき者に手を引かれ、『母上は？　ねえ、母上は？』と、ぐずって幾度もそう訊ねておりましたので、おそらくは山元町に囲われている者の子らなのではございませんかと……」

「うむ。まずは間違いなかろうな」

先日、あの路上で一度きり、遠くから見ただけではあるが、山元町の女はおそらく三十半ばというところで、その年齢の子らがいてもおかしくない歳まわりである。

「して、屋敷の名は判ったか？」

「はい。近場の『辻番所《つじばんしょ》』にて訊ねてみましたところ、家禄二百石の『小普請』、冨《とみ》沢助次郎《ざわすけじろう》が拝領の屋敷でございました」

「二百石の小普請か……」

　江川も『寄合』ゆえ、無役というのは同じであるが、大身四千石の江川家の当主と、二百石の冨沢家の妻女とに、どんな接点があったというのであろう。

「下馬所では『かねてより江川がご執心の……』と、さんざんに言われておったが、何ぞこの周辺《あたり》では、そうした仔細など噂になってはおらぬか？」

「それが……」

　赤堀に訊かれて、高木は首を横に振ってきた。

「どうやら近隣の者たちは、『冨沢の妻女は労咳《ろうがい》（結核《けっかく》）患《わずら》って、どこぞ遠くの縁戚に転地療養《てんちりようよう》に行っている』と、そう思っておりますようで……」

「なに？　では離縁もしておらぬというのに、江川の妾になっておるのか？」

　もしそうなら、直ちに「密通」ということになり、江川又左衛門はむろんのこと、冨沢の妻女も目付方《こちら》で捕らえて、厳罰に処さねばならなくなってしまう。

　だが高木は、それにもまた首を横に振ってきた。

「実はつい先ほど、こちらにご報告にうかがう前に、急ぎ富沢の妻女の籍《せき》がどうなっておりますものか調べてみたのでございますが、幕府には、すでに離縁の届を出しておるようにてございました」

「いや、そうか。なれば……」

なればよかった、ほっとしたと、そう言いそうになって、赤堀は慌ててその言葉を飲み込んだ。

幼子が母を慕って騒いでいたなどと聞かされたゆえ、つい情が移りかけてしまったが、幕臣を広く公平公正に監察・指導する役目にある「目付」は、そんな風に安易に私情に流されてはいけないのである。

むろん赤堀とて、実際に仕事をする上においては、監察の対象者に同情して手心を加えるなどということはない。

だが赤堀は、自分という人間が、元来、他人《ひと》にも自分にも甘くなりがちであるのを自覚していて、それゆえ折々、こうして自身の気のゆるみを是正《ぜせい》しているのだ。

赤堀は、話の向きを変えて、こう言った。

「したが、そうして離縁したことさえ知らぬというのでは、周囲から噂を拾うこともできぬな」

「はい。ただ実は蒔田のほうから、ちとご報告が……」

「おう！　なれば仙四郎、麹町で何ぞか判ったか？」

「はい」

赤堀に返事をして、麹町を担当していた蒔田仙四郎が、一膝、前に進み出た。

「先ほどのお話の『万屋』にてございますが、あれは江川が金を払って出入りをさせているのだそうで、妾と実家との橋渡しをいたしておるそうにござりまする」

「橋渡し？」

「はい。ですがまあ『橋渡し』とは申しましても、ほとんどは文《ふみ》を預かって届けるというほどで、たいしたものではないそうなのでございますが……」

ただし江川は、妾が実家に宛てた文についても、実家の者が妾に宛てて書いてきた文についても、「すべて内容《なかみ》に目を通して、少しでも不審を感じた際には、文は江川《こちら》に届けるように」と、万屋に命じてあるそうだった。

「いやまこと、もしこれで何ぞかあれば、殺しかねぬほどの執着心だな……」

赤堀が本気で呆れていると、蒔田はさらに麹町の近隣の者らが、くだんの女中から聞いたという話の続きをし始めた。

「けだし江川は金だけは惜しまぬようで、『欲しい』と言えば、着物でも髪飾りでも、指物《さしもの》（家具・調度品）のたぐいでも、たいてい何でも買うて届けているそうなのですが、そうした注文の受け口も、やはりすべてが万屋だそうにございまして」

万屋に「あれが欲しい」と頼んでおけば、江川にも報せてくれて、数日の後には、たとえば着物のたぐいであれば、一級の呉服屋を連れて万屋がやってきて、いろいろ数多く持ってきた反物《たんもの》のなかから、気に入ったものを選ばせてくれるという。

「ほう……。なにやらまるで『広敷《ひろしき》』のようだな」

広敷というのは大奥《おおおく》専門の役方のことで、大奥に関することなら経理や事務、警備まで、何でも広敷で取り扱っている。

女たちの意向を聞いて、大奥に出入りの商人たちを呼び寄せては、大奥の玄関口で店開きをさせる、というのが広敷のやり方で、今聞くかぎり、万屋の手配の仕方も、その広敷にそっくりであった。

「したが、その万屋というのは、本業は何を扱っておるのだ？」

「それが赤堀さま、どうも得体が知れぬのでございまして……」

横手から答えてきたのは、高木与一郎である。

「昨日あれよりあの男が『とにかく店らしきものに帰るまでは……！』と、ひたすら追うてみたのでございますが……」

山元町から麹町、番町の冨沢の屋敷に、果ては麻布にある麹町の妾の実家にも立ち寄って、すっかり日が暮れてから、やっとそれらしき町場まで帰ってきたという。

「九段坂《くだんざか》の先にございます飯田町《いいだまち》の、裏手の小店にてございました」

「小店？　何屋だ？」

「それが、一見したところでは『しもた屋』という風にてございまして、大きく何か看板がある訳でもございません。唯一『ここが万屋であろう』と判別がつきましたのは、あの男が中に入っていきました潜《くぐ》りの板戸に、『よろず』と墨で一筆書かれておりましたからで……」

とはいえ、その「よろず」の字も小さくて、何も知らずに歩いていたら、気づかぬほどの代物であるという。

「なれば、『通りすがりの一見《いちげん》の客を拾って、商売《あきない》をする』という風ではないのだな」

「はい。今朝方こちらに来る前に、前を通ってみたのでございますが、町内は大店も小店も、すでに店開きをしているというのに、万屋は閉まったままで、人の出入りもございませんでしたので」

「どうも、薄気味の悪い男だな」

「はい。まことに……」

山元町でちらりと見ただけの男だが、こうしてあれこれ判ってきた今となっては、本当に得体の知れない気味の悪さを感じずにはいられない。

「とにもかくにも明日から、幾人か駆り出しまして、万屋の一部始終を見てまいりまする」

「うむ。この寒空に、苦労をかけるが、よろしゅう頼む」

「はい。万事、お任せを……」

高木はにっこりとして、うなずいて見せた。この「赤堀さま」は、十人いる目付のなかでも、こうして芯《しん》が「お優しい」のである。

だが一方、赤堀のほうは、今の高木たちの報告に、この案件の思いがけない底深さを感じて、顔を曇らせるのだった。

五

翌日から徒目付の高木を中心とした数人の者らが担当となり、本格的に万屋の調査《しらべ》が始まった。

くだんの飯田町のしもた屋から、あの「万屋」が出てきたのは、明け六ツ（夜明け頃）過ぎのことである。

どうやら万屋にいるのはあの男だけで、番頭《ばんとう》や手代《てだい》や小僧《こぞう》といった、いわゆる店の奉公人のたぐいも、男自身の妻子のような者たちもいないらしく、男は自分が潜って出た板戸に、普通であればこんな潜り戸には使わない蔵の戸の錠前《じようまえ》のような、頑丈な鍵をかけている。

そうして飯田町の町中を抜けると、その先に広がる小川町《おがわまち》や駿河台《するがだい》の幕臣武家の屋敷のあちらこちらに、御用聞き《ごようき》よろしく、顔を出し始めたのである。

客筋としては、どうやら五、六百石の中堅旗本から、江川のような何千石もの大身旗本家までが狙いのようで、いかにも小禄であろうと見える屋敷には目もくれず、見事に素通りであった。

「まこと小憎らしいほどに、客を選んでおりますな……」

張り込みの最中、高木を相手に小声でそう言ったのは、蒔田仙四郎である。

蒔田が調査を担当していた麴町の妾についても、すでに実家も判明し、江川の妾となった経緯についても判っている。おまけに江川に禁じられているから、麴町の家には江川本人と万屋のほかには訪ねてくる者もいないため、赤堀は蒔田に命じて、こちらの調査を手伝わせることにしたのだ。

今、万屋は、二千石高の旗本家の屋敷に入ったままになっていて、もう半刻（約一時間）近くが経っている。

その万屋が出てくるのを待って、高木と蒔田の二人は、その屋敷が見渡せる辻番所のなかに隠れていた。

「……あっ！　高木さま、ようやく出てまいりました」

「よし。では、行くぞ」

「はっ」

答えて、高木について歩き出した蒔田仙四郎の格好は、中間《ちゅうげん》を模している。「ごく小禄の幕臣が、お供にたった一人だけ中間を連れて歩いている」という形をとっていて、これならば武家町を歩いていても、町場の通りを歩いていても、万屋にも通行人や住人にも、違和感を持たれることはないはずだった。

前を行く万屋はといえば、何ぞ急ぐ用でもあるのか、これまでより足を速めて小川町の武家地の通りを進んでいく。

「どこに行く気でございましょう？　このまま参りますと、小川町の武家地を抜けて、神田に出てしまいましょうが……」

「うむ。もうこのあたりの武家には、贔屓《ひいき》の客がおらぬということかもしれぬな」

そんな話をしている間にも、万屋はすたすたと小川町の通りを歩き抜いて、にぎやかな神田の町なかへと出てきてしまった。

そうして今度は、人や荷車が所狭しと行き交っている神田の目抜き通りを歩き抜いて、とうとう『日本橋《にほんばし》』のたもとの前までやってきた。

日本橋を渡ると、その向こうは、幕府や諸藩の御用達《ごようたし》商人たちが大店を構えて並んでいる、一級店ばかりの商業地となる。

万屋は、一級の大店がずらりと建ち並ぶ大通りを進んでいくと、「呉服屋はこの店、小間物屋はこちらの店で、塗り物の器ならここの店」と、いかにも前から決まっているという風に、次々に店のなかへと入っていっては、商談をまとめているらしい。

それが証拠に万屋が出てくる時には、必ず番頭や手代らしき店の者が万屋の見送りをするため、店の外まで出てくるのである。

だがそのうちの一軒、しごく大きな呉服屋に入り、他と同様、店の手代と見える者に見送られて出てきた際のことだった。なんと万屋はその手代から、紙に包んだ金子《きんす》らしきものをスッと袂《たもと》のなかに入れられて、深々とお辞儀をしたのだ。

「今のは、やはり、客をまわしてくれたことへの礼金のごときものでございましょうか？」

万屋からぴたりと目は離さぬまま、そう訊ねてきた蒔田に、

「そうであろうな」

と、高木は答えて、先を続けた。

「あれほどの大店ともなると、幾人もいる手代たちが、番頭への昇進を目指して売り上げを競うゆえ、万屋はそこにつけ込んでおるのであろうさ」

そうした手代からの袖の下のほかにも、大身旗本を客として紹介することで、店のほうからも正式に「仲立ち料」が支払われているのであろうから、万屋が金に卑しいことがよく判るようだった。

だが万屋の本性は、そんな生易《なまやさ》しいものではなかったのである。万屋は、あちこち日本橋の一級店で手配をつけた後、そのまま大通りを南へ抜けて京橋《きょうばし》を渡り、銀座《ぎんざ》町《まち》のほうへと入っていったのだが、つとそこから東へと横道を折れて、木挽町《こびきちょう》の裏手に入ると、今度はとんでもない場所に足を踏み入れたのだ。

「いや、あれは、『蔭間茶屋《かげまぢゃや》』のたぐいだぞ」

顔をしかめてそう言ったのは高木与一郎で、『蔭間茶屋』というのは、男娼《だんしょう》を置いて客を取らせる非公認の遊郭《ゆうかく》のことなのである。

今、万屋が入っていった店なども、一見しただけではただの料理茶屋だが、木挽町

には昔から芝居小屋があり、十三、四から二十歳前までの見た目のよい若手の役者が、贔屓客の酒食に付き合って酌《しゃく》などしながら、男色も売ったりするのだ。

そうした店は、常になるだけ年少で、なるだけ美しい少年を求めて探しているから、町人や百姓の子供はもとより、生活に困った幕臣の子弟なども、親に売られて男娼の「蔭間」や「蔭子《かげこ》」になったりもするのである。

以前にも生活苦に陥《おちい》った小禄の御家人が、幼い息子を「蔭子」に売った事件があり、高木はその調査に、このあたりにも足を運んだことがあったのだ。

「もしまことに万屋が、今ここにそうしたことの手配をつけに立ち寄っているのであれば、江川に妾の仲立ちをしたのもあの男やもしれぬな」

「はい。おそらくは、他にもたんと……」

蒔田もうなずいて、顔を険しくしている。

いかがわしげな店のなかに入ったきり、万屋は、いっこうに出てこない。今ここで店のなかに踏み込んで、すぐにもあの男を捕らえたい気持ちを抑えて、高木と蒔田はじりじりと待ち続けるのだった。

六

それからさらに、幾日かした後のことである。

高木や蒔田から万屋の動きについて報告を受けた赤堀は、今の時点で判っているすべてを十左衛門に報せるべく、目付方の下部屋で余人を入れず話していた。

「万屋は、やはり生活《くらし》に困った幕臣が妻女や子らを売るのを、仲立ちいたしておりました」

木挽町で見たあの一件を、高木と蒔田は引き続き、ていねいに追いかけた末に、とうとう万屋が十二、三の息子を連れた御家人を案内してあの店に入っていったところを、目撃したのである。

しばらくすると父親であろう御家人だけが外に出てきて、逃げるように立ち去っていったが、蒔田がそれを尾行して、御家人の名も屋敷も突き止めてあるゆえ、事件を表沙汰にするなら、今すぐにでもそうできる。

だが一つ、まずは大きな問題となっているのは、万屋が「町人」であることで、金儲けのために、そうして人身売買の仲立ちにまで手を染めている万屋を捕らえて裁く権利は、町人の支配筋である『町奉行』にあるのだ。

「ですが今、直ちに万屋を捕らえられてしまっては、冨沢の妻女と江川又左衛門についての一件が、うやむやになってしまうのではないかと……」

赤堀が気になっているのは、「江川がかねてより冨沢の妻女にご執心であった」という、あの噂の一節なのである。

冨沢家の当主である助次郎が、ただ単に生活に困って妻女か子らの誰かを売るのだとしたら、それはおそらく十五、六になるという長女あたりが順当で、普通であれば、三人も子を産んで三十半ばにまでなっている妻女が、売買の対象とされることはないはずなのだ。

「けだし江川が冨沢の妻女にことさらに固執しておりますのは、麹町の妾との格差を見ても、明白にてござりまする。この固執が『密通』からきているものか、はたまた別の関わりからくるものか、やはりそのあたりを確かめねば、江川自身に罪があるのか否かも判りませんので……」

「相判った」

赤堀の諸々の懸念に、十左衛門は頼もしく応えて、こう言った。

「なれば、さっそくにも依田和泉守さまにご面談を願い、これまでの経緯をすべてお話しいたした上で、今後の調査《しらべ》をどういたせばよいものか、ご相談をいたそう」

「はい。そうしていただけましたら、何よりでございまして……」

と、赤堀が素直に喜色を顔に出した時だった。

「高木です。失礼をいたします。至急、赤堀さまに……」

襖の外から声がして、高木与一郎が下部屋へと入ってきた。

「どうした、与一郎」

思わず横から十左衛門が声をかけると、高木はいかにも急いでいる様子で、奥には来ず、入り口に控えたままで言ってきた。

「たった今、山元町の平脇源蔵より至急の報せが参りまして、万屋が冨沢家の長女らしき娘を伴い、山元町の江川の妾宅に入っていったと……」

「なに？」

と、腰を浮かせたのは、赤堀である。

「では何か？　冨沢の娘は、母親が他人の妾となっているのを、知っていたということか？」

「そこはまだ判らぬのでございますが、ちと嫌な予感がいたしますのは、その冨沢の娘というのが入って幾らもせぬうちに、泣きながら妾宅を飛び出してきたことにてございまして……」

平脇は例のように稲荷寿司屋に化けていて、路上から一部始終を見ていたそうなのだが、まだ十五、六と見える冨沢の娘が、泣きながら一人で飛び出してきたのを見て、寿司屋の屋台もそのままに、娘の身を案じて追いかけたそうだった。

「して、娘は？」

赤堀が身を乗り出すと、高木は「大丈夫だ」というように、一つうなずいて見せてきた。

「一応は、無事に番町の冨沢家まで戻ったそうにございますのですが、長女が泣きながら戻ったことで、何ぞ冨沢家に異変のごときが起こるのではないかと、私も平脇と同様、案じられてなりませんで……」

「父親の冨沢助次郎が、何ぞ江川か万屋に報復を仕掛けるのではないかと、そういうことだな？」

「はい……」

妻を奪われた屈辱や悔しさにこれまでじっと耐えてきた冨沢が、娘に本当のことをバラされたことで、万屋なり、江川なりに、怒りを爆発させて、斬りかかりでもするのではないかと、そこを案じているのだ。

「冨沢の屋敷を見張るよう、とりあえず辻番所の番人たちに命じてきたそうにございますのですが、平脇は私に報告をいたしました後に、すぐに番町に取って帰りましてございます。私も、これより合流いたしますつもりで……」

「さようか……」

赤堀はしばし考えると、「ご筆頭」と十左衛門に向き直った。

「私、やはり、冨沢助次郎と相対《あいたい》で、ちと話をいたしてまいろうかと……」

「うむ、赤堀どの。それがよかろうと、儂も思うぞ」

「お有難う存じまする。では……」

ご筆頭に背中を押されて、赤堀は高木とともに飛び出していくのだった。

七

家禄二百石の小普請、冨沢助次郎の拝領屋敷は、広い番町のなかでも小ぶりの屋敷ばかりが建ち並ぶ一画にあった。

赤堀が高木と二人で駆けつけると、すでに近場の辻番所で見張りに戻っていた平脇が、すぐに報告して言ってきた。

「これまでのところ、何の出入りもございません。けだし当主の助次郎がおりますかどうかも判らないのでございますが……」

「うむ……。したが『出入りがない』ということは、少なくとも話の娘は、屋敷内《なか》におるということだな？」

「はい。おそらくは……」

赤堀の言わんとするところが判らず、平脇が答えに困っていると、それに気づいて赤堀は笑って先を付け足した。

「いやな、なかに娘子がおるようなら、目付なんぞが押しかけていかぬほうがよかろうと思ってな。目付方《こちら》が名乗って屋敷のなかに乗り込めば、『母のことで、城から役人が来た』と気づいて、必ずや聞き耳を立てよう」

「では赤堀さま、子らに聞かせまいと？」

横手から口を出してきた高木に、赤堀はうなずいて見せた。

「両親《ふたおや》に何の事情があるかは判らぬが、子が知らずとも済むことがあるのなら、むざむざ耳に入れとうはない。いっそ冨沢助次郎を、ここに呼んではどうかと思うのだ」

「さようでございますな」

赤堀の気遣いに感じ入って、高木も自ら言い出した。

「なれば、ちと辻番所《こ こ》の者にも付き添うてもらい、『辻番のことで用がある』とでも申して、私が呼んでまいりましょう」

「おう。そうしてくれるか」

赤堀がそう言うと、次には平脇が気を利かせてきた。

「ここも、人払いをかけたほうがようございますね」

と、さっそく辻番所の番人たちに頼み込んで、しばらくここを自分ら目付方に貸してくれるよう頼んでいる。

冨沢は屋敷にいたようで、程なく高木に呼ばれてやってきた助次郎は、辻番所の前で初めて「実は目付方の調べだ」と高木から聞かされて、驚いて声も出ないようだった。

「目付の赤堀小太郎でござる。ちと騙《だま》すような真似をいたして悪かったが、こちらが貴家を訪ねて話をすれば、ご息女らお子たちに話を聞かれることになろうと思ってな。貴殿に出てきてもろうたのだ」

「…………」

いかにも何か知っていそうな目付の言葉に驚いて、混乱しているらしい。冨沢助次郎は気の毒なほどに、目を泳がせている。

「いや、貴殿をお呼び立てしたのは他でもない。先般、離縁なされたご妻女が江川又左衛門どのの側室となっておられる一件について、目付方としては、是非にも貴殿に伺《うかご》うておかねばならぬことがござってな」

赤堀はそう言うと、真っ直ぐに、冨沢に向き直った。

「単刀直入に伺うが、貴殿が元のご妻女と江川又左衛門どのとの間には、先《せん》に何ぞか関わりのごときはござったか？」

「…………」

だが冨沢はうつむいて、黙ったまま応えない。いっこう目も合わせてはこない冨沢助次郎を、これ以上、萎縮《いしゅく》させる訳にはいかないと、赤堀はさらに声を優しくした。

「どうした？　不満があるというなら、それでもよい。いかなことでも、思うたままを言うてはくれぬか」

「……では、あの、畏《おそ》れながら……」

「うむ。それでよい。言うてくれ」

赤堀が励ますと、だが冨沢は存外はっきりと物を言い、こちらに顔も上げてきた。

「蕗江《ふきえ》につきましては、すでに家風に合わぬゆえ離縁いたしました後のことにてござりまする。他家へ嫁《か》そうが、妾となろうが、冨沢《とみざわ》家には関わるものではございませんので……」

「おう。『蕗江どの』と申されるか?」

「はい……」

話をはぐらかされたような気がしたものか、冨沢は不満げに口を引き結んでいる。そうしてそのまま、またも黙り込んでしまいそうな冨沢を、赤堀は引き起こしにかかった。

「なれば、ちと話の向きを変えさせていただくが、こたびこうして蕗江どのが江川家の側室となられるにあたっては、やはり何ぞか借財があって、仕方なくかような次第となったのでござろう? ゆめ『密通』のごときものではござるまい。お子たちが、今尚あぁして母を慕うておられるのを見れば、傍目《はため》にもよう判る……」

「………」

冨沢が肯定も否定もせず無言のままながらも、くっと小さく、唇を噛んだのを見て取って、赤堀は「ここぞ」と攻め入った。

「江川どのにお身内を買われたのは、冨沢どのだけではござらぬ。麹町にも、やはり借金のカタとして、まだ十六の娘子を江川どのの側室に取られた『番士』のお武家がござってな。そちらは……」

「え？」

と、冨沢が赤堀の話を割って、訊いてきた。

「では他にも、若い妾がおりますので？」

「うむ……。やはり、ご存じではなかったか？」

「はい……」

冨沢は再び目を伏せたが、その目は暗く、鋭くて、怒りの程度《ほど》が見て取れた。

さもあろう。三人もの子を生《な》して共に育ててきた我が妻を「妾」にされた苦しみに必死で耐えていたのであろうに、その妻を、江川は幾つもある玩具の一つとして扱っていただけなのだ。

「…………」

見れば、冨沢の両の手は、袴《はかま》の布をつかんで固く握り締められていて、今にもこのまま大小の刀を腰に、江川又左衛門の屋敷へと斬り込んでいきそうである。

その冨沢をなだめるべく、赤堀は内心懸命に、今、自分が出すべき言葉を選んでいた。

「城の下馬所に、先頃『寄合の江川どの』と名指しで『他家の妻女を妾に奪った』と、噂が流布していたのはご存じでござるか？」

「はい……」

冨沢は返事をしてきたが、それ以上は何も言わない。

そんな冨沢に赤堀は、視線の先で辻番所の外を指して、こう言った。

「その醜聞を流されたのは、ご家中でござろう？」

赤堀が指す先、今、辻番所《ここ》のすぐ外には、目付に訊問を受けている主君を心配して、冨沢家の若党らしき二人の男が、こちらを覗いて控えているのだ。その冨沢家の若党たちを、さっきから威圧して押しとどめているのは、小人目付の平脇源蔵であった。

「貴殿やご妻女の苦衷《くちゆう》を思い、おそらくは仇《かたき》を取るような心持ちで、冨沢《とみざわ》家の名は出さず、江川《あちら》家だけを名指しして、噂を広められたのでござろうよ。今もあして主君の貴殿を護らんとして、懸命だ」

「…………」

冨沢は目を伏せて聞いていたが、やおら顔を上げると、頭を下げて言ってきた。

「ご慧眼《けいがん》、恐れ入り奉りまする。つまらぬ意地で、江戸城《しろ》の門前を穢《けが》しまして、まことにもって相すみませぬ」

冨沢も江川も無役であるから、登城するのは城に行事がある際《とき》だけで、普段、下馬所には用がない。冨沢の家臣たちは、そこをわざわざ出向いていって広めてきたのだそうで、「殿！　仇を討ってまいりました！」と報告にきた家臣たちを、冨沢はどうしても叱れなかったらしい。

「江川《あちら》の名だけを出すなんぞと『卑怯なことを……』と思いましたし、江川家の耳に入れば、今度は冨沢《こちら》も名を出されるのではないかと、その恐怖もございました。なれど、あやつらの心中を思うと、やはり叱れず……」

「さようでござろうな」

赤堀は大きくうなずいていたが、もう一つ冨沢に、是非にも聞かねばならぬことがあった。

「して冨沢どの、実は貴殿のご長女のことなのだが、今日、万屋の案内で、山元町の蕗江どののところに行かれたのは、ご存じか？」

「えっ！」

まったく気づかなかったのであろう。冨沢が、詰め寄らんばかりに身を乗り出してきた。

「あの、それはどういう……」

「本日、昼過ぎ頃であったらしいが、ご長女が万屋に連れられて、蕗江どののお宅に入られたのを、見張りをしていた目付方《こちら》の配下が目にいたしたのだ。入って程なく出てこられたそうだが、遠目にも泣かれていたのが見えたそうでな。出てきた時は万屋もおらず、お一人であられたゆえ、『娘御に何かあっては大変』と、陰ながら配下が付き添うてきたらしいが……」

山元町からこちらの番町まで、遠目にも判るほど泣き通しだったので、何とか富沢家の屋敷に戻っていったその後も、「万屋が娘御に事実を知らせてしまったからには、この先、何が起こるか判らない」と、怒った助次郎が江川や万屋へ斬り込んでいきはしないかと、目付方《こちら》はそこを心配していた訳である。

「……さようでございましたか」

何かを考えているのであろう。富沢は顔を険しくして、うつむいている。

そうして再び目を上げると、断定してこう言った。

「娘がなけなしの金でも渡して、『母上のところに案内してくれ』とでも、万屋に頼んだのでございましょう。万屋は『一通、二朱《にしゅ》（一両の八分の一）』で、蕗江のところに文を運んでおりましたので、その伝で、万屋を雇いましたものかと……」

「やはりそうか」

「はい……。上の娘はもう十五でございますゆえ、蕗江が労咳《ろうがい》などではなかったことに気づいていたようでございました。それでも父親《おや》の私には、何も訊いてはまいりません。今日とて何もなかったような顔をして、いつものように弟妹の面倒を見ておりますので……」

「さようでござるか……」

父親にも弟妹にも気づかれないよう、懸命に平静に振舞っている姿が、想像できるようである。赤堀自身はいまだ冨沢家の子らを見たことはないが、山元町で一度だけ目にした蕗江の姿が、想像の長女に重なった。

「蕗江どのも、おそらくは『冨沢の妻女と周囲に知れては、家に迷惑をかけるから』と、そう思われておるのであろう。山元町では、町人の内儀の姿で過ごされておられる。そんな母子の思いを金儲けの種にして、文の届けに『一通、二朱』も取っておるとは、あの万屋め……」

ちらりと見た万屋の横顔を思い出して、赤堀が改めて憤慨していると、前で冨沢が突然に言ってきた。

「万屋《あれ》は、もとは江川の屋敷で用人を務めていた男にござります る」

「いや、さようであったか！」

「はい」

冨沢はうなずくと、先を続けた。

「侍の頃の名を『駒田侑五郎《こまだゆうごろう》』と申しまして、祖父の代までは『広敷』で『御用達』をいたしておりましたので……」

役高・二百俵の『広敷用達《ようたし》』と呼ばれる者たちは、大奥で使う小道具や調度品といった高価な品を、大奥出入りの商人から買いつける役目を担っており、必定《ひつじょう》、商人から賄賂《まいない》なども受けやすいため、つい私利私欲に走って、自ら滅亡する者も少なくない。

万屋の祖父であった駒田伝兵衛《でんべえ》も、その例に漏れず、商人から多額の賄賂を受けて切腹となり、駒田の家は断絶、当時すでに三十五を越えて妻子もいた万屋の父親は、伝兵衛の嫡男として父親の罪に連座させられて、島流しになったそうだった。

「孫にあたります侑五郎は、当時十四、五だったそうにございますが、連座は子の父親までですので、母と二人で残されたようでございます。そこから、どこでどう働いて江川家の用人となったのかは判りませぬが、私が『駒田伝兵衛の孫』だという男に会った頃には、すでに江川家の用人も辞めて『万屋』になっておりました」

「ほう……。して、貴殿が万屋《あれ》に出会われたのは、いつのことだ？」

「半年ほど前にてござりまする」

冨沢は、答えて、急に悔しげな表情になった。

「『座頭《ざとう》』に借りた借金が、いつのまにやら何倍にもふくらみまして、返せる当てがなくなりましたその途端《とたん》、突然に万屋がうちを訪ねてまいりまして……」

座頭の名を出されたゆえ、仕方なく客間に通すと、万屋は商人らしくにこやかに、

「お宅さまがお借りになった座頭金《がね》を、すべて肩代わりをして払ってくださるという豪気なお旗本がおられますので」

と、とんでもない提案をしてきたという。

「ただ一つ、そのお方は、昔まだご実家にいらした頃の蕗江さまに、ぞっこんでいらしたそうにございまして、二十年近くが過ぎた未《いま》だに蕗江さまを忘れられずにおられるということで……。それゆえ、こたびのことを良い契機にして、蕗江さまに『お妾さま』としていらしていただければ、そのお迎えの代金として、借金を肩代わりしてくださるそうで……」

そう言って、万屋が話の最後に名を挙げてきたのが、寄合・四千石の旗本の江川又左衛門であったという。

「実は、下の息子が赤子の頃に大病をいたしまして、親類縁者からも借り尽くしてしまい、仕方なく座頭金に手を出してしまいました……」

座頭金が恐ろしい代物であることは、むろん話に聞いて知ってはいたのだが、どう

でも手持ちの金を作らなければ、息子に飲ませなければならない薬が切れてしまう。

三両借りた座頭金は、あれよあれよという間に膨らんで、元金どころか利息も払えず、その分をまた座頭に借り直しさせられているうちに、百八十両もの大借金を抱える身になっていたという。

「万屋は、大身の旗本家ばかりを狙って、御用聞きにまわっておりますゆえ、決して私どものような小禄の旗本や御家人の家には、まわってはまいりません。私ら小身が万屋に目をつけられますのは、借金がたまってからにてござりまする」

「なれば、座頭と万屋は繋がっておるのやもしれぬな……」

赤堀が推理してそう言うと、冨沢もうなずいた。

「けだし座頭も万屋も、私ども借り手には上から物を申しますので、こちらがはっきり訊けるものではございません。ただ実は私の知己にも、やはり座頭金に苦しめられて、泣く泣く娘を万屋に渡した者があるのですが、知己が借りた金貸しは、私とは違う座頭でございましたので……」

「おう！　いや、そうか」

冨沢の言わんとする話の向きが判って、赤堀は身を乗り出した。

「金貸しの座頭のほうは、それぞれに違っていても、『人買い』のように現れるのは、

「はい。たぶんあの万屋は、あちこちの座頭に声をかけて手を組んでおるのでございましょう。けだし冨沢家《うち》の取り立てにまいりました際《とき》には、『娘を売れ』とは一言も申さずに、端《はな》から『蕗江』にございました。万屋が、うちと江川どののとを端から繋げていたようなのが、気味が悪うございますのですが……」

「いや、冨沢どの。辛い話を、かたじけない……」

「いえ……」

もう赤堀《こちら》に対しては、敵意はむろん、緊張も見栄も衒《てら》いもなくなったらしい冨沢は、本気で首を横に振っている。

そんな冨沢助次郎に、「万屋は、必ず捕らえるゆえ、待っていてくれ」と言いそうになって、赤堀はあわてて自分を止めた。

今ここで聞いた話を「ご筆頭」に報告すれば、それが直ちに町奉行の「依田和泉守さま」に伝えられて、万屋は近いうちに、必ずや、町方の手によって捕らえられるに違いない。

だが、そうして万屋を捕らえたとしても、借金のカタに江川に取られた妻女の蕗江は、戻ってはこないであろう。

蕗江を江川から取り戻すには、法外な額の取り立てをした座頭から金を戻してもらい、百八十両、耳を揃えて江川に渡すしか手がないのだ。

結局は、冨沢自身の力にはなれない自分が歯痒くて、赤堀は静かに唇を嚙んでいた。

八

赤堀から十左衛門、十左衛門から依田和泉守へと、話は風通し良く伝わって、直ちに万屋捕縛の準備が始められた。

これまでずっと万屋を調べていて、あの男の動きについて、いろいろと見当がつくのは、高木や蒔田、平脇といった者たちである。

その高木ら三人は、和泉守から直々に協力を頼まれて、町方と目付方とが手を組むという極めてめずらしい形で、見事、万屋は捕縛となった。

万屋は、高木たちが予想していた通り、自分はいっさい取り引きの荷物は運ばず、口と証文だけで仲立ちをしていたため、飯田町にある万屋の店には、商品のたぐいは一切なかった。

だがその代わり、注文主である大身旗本の名や屋敷の場所、いつ何を頼んだかについてと、それに応えて品を揃えた商人の名や店の場所、何を幾らで売ったのかなどについても、万屋はすべて証文を大事に保管していた。

借金で妻や子を売ることになった武家たちに関しても、証文は残していたため、万屋の暗躍のすべてが明るみに出ることとなったのである。

万屋が、一人きりで住み暮らす飯田町のしもた屋に、やけに厳重に錠前をかけていたのは、このためであったのだ。


一方、十左衛門と赤堀の二人は、今の武家社会においての歪みの一因《もと》となっている「座頭金」について、少しでも是正することができぬものかと、懸命に動いていた。

神君・家康公の時代より、幕府は目の不自由な者らの救済として、金貸しで儲けることを黙認している。

普通の金貸しに対しては「これ以上の高利は許さぬ！」と、利率の上限が幕府によって定められているというのに、当道座に属する目の不自由な者たちに対しては、利率の設定の自由を許しているのだ。

以前、持筒組の大縄地にて、座頭金の悪辣さが招いた事件が起こった際、十左衛門は『御用部屋（老中や若年寄の執務室）』の上《うえ》つ方《かた》にも報告し、座頭金の悪辣な利率を取り締まってもらえるよう上申してきたのだが、少なくとも今の時点では、取り締まりが強化された様子はない。

当道座は、神君・家康公との取り決めにより座中の自治が認められていて、あたかも一つの藩のごとくになっているのだが、それでも幕府は、当道座の支配担当を決めて、今は若年寄方がその任に就いていた。

その若年寄方に意見をしに、十左衛門と赤堀が決死の覚悟で向かおうとしていた矢先のことであった。

「高木でございます。御用部屋へお渡りの前に、どうかこちらを……！」

目付部屋に飛び込んできた高木が、十左衛門ら二人に見せてきたのは、大きな木箱に大量に入れられた証文のたぐいである。大量にあるのだが、一つ一つは短いもので、幕臣の名と、金額と、日付だけが、ほぼ三行のみで書き並べられていた。

「与一郎、これは何だ？」

十左衛門の問いに、待ってましたばかりに、めずらしく高木が弾んだ声で説明してきた。

「万屋が贔屓の大身旗本をまわりまして、金子の預かりをば行っていたものにてございまする。たとえば、この穂積《ほづみ》と申す三千石の旗本でございますが、昨年の夏の頃より、『この日に五両』、『この日は十両』、『こちらの日は十二両』などというように、万屋に金を預けてございまして……」

その年の暮れには、『五両は七両二分』になり、『十両は十六両』に、『十二両は十九両と二分』にという風に、預けた額に利息のごときものが上乗せされて、旗本の穂積に返金されているのである。

その預かり金の証文と、配当金の証文とが、どれもきれいにつき合わせにされて、木箱のなかに納められていたというのだ。

「万屋が持っておりました証文のたぐいは、とんでもない数にてございまして、ほとんどは呉服やら道具やらの『仲立ち』の注文や受領《うけとり》の書付だったのでございますが、この木箱を開けまして、いざ整理をはじめましたら、他とはだいぶ様子が違いましたもので……」

このことを町奉行の依田和泉守にも相談したところ、

「これは相手が旗本ばかりで、町方には手が出せぬから、目付方《そちら》のほうがよろしかろう」

と、調査全般を任されてきたそうだった。

「いやまこと、あの万屋という男は、空恐ろしい男でございますな……」

高木の話を聞き終えて、改めてそう言ってきた赤堀に、十左衛門もうなずいた。

「したが、そうしてあちこちで旗本から金子を預かって、万屋は、それをどう増やして返したのだ？　第一、何ぞ大きな儲けでも出ぬかぎり、さように面倒なことをいたしても、万屋に得はあるまい」

「さようにございますね……」

そんな話をしながらも、十左衛門ら三人は、それぞれに木箱のなかから証文の束を一つずつ取り出して、パラパラと内容を目で追っている。

するとと突然、

「あっ！」

と、赤堀が声を出してきて、横にいる十左衛門と高木に、自分が手にしている証文の束を見せてきた。

「万屋が、あの『江川又左衛門』と交わしたらしき証文が出てまいりました。けだし、どうも、さっき見た他の旗本たちの証文とは、金子の桁《けた》も、書きようも、まるで違いまして……」

江川の証文の束は、他の旗本たちのものに比べて随分と厚かったが、一枚一枚ていねいに見てみると、万屋から江川に渡されたらしい金額が、どれもとんでもない大金になっている。三百両だ、五百両だといった額面の証文はザラにあり、額の多い証文では千両を越えるほどの大金が、万屋から江川の手へと渡っていたようだった。
だがなんと、逆に「江川から万屋へ」と流れている金額は、それ以上のものなのである。そして赤堀の言う通り、江川から万屋あてに書かれているこちらの証文には、
『〇月〇日預かり　五百四十七両三分
×月×日返し　　六百八十五両
うち万屋配当　　七十両　』
などという具合に、いかにも気になる一行が記されていた。
「『預かり』と『返し』のあとに『万屋配当』とありますということは、六百八十五両のうちから七十両、万屋に『何らかの配当金』として、金子が渡されたということでございましょうが……」
赤堀がそう言うと、十左衛門も続けて予想し始めた。
「すべての証文を整理して、金が動いた日付と額とをつき合わせてみなければ判らぬが、おそらくは万屋があちこちの旗本から預かってきた金を、いったんすべて江川に渡し、それを江川が増やして、万屋や旗本たちに利鞘《りざや》とともに返しているのであろうよ」

「さようでございますね……」

十左衛門の言葉に、赤堀も高木も大きくうなずいている。

そうして三人、目付部屋から下部屋に移り、手分けして証文を日付ごとに整理し直してみたところ、やはり十左衛門の読み通り、万屋が諸家から集めてきた金子の合計額が、きれいに同額、江川又左衛門に流されていたのである。

「ご筆頭……」

整理のついた膨大な数の証文を前にして、赤堀が少しく顔を歪ませて言ってきた。

「江川に渡ったこの金が、座頭金の資金源として流されているということはございませんでしょうか？　そうして座頭が暮らしに困った幕臣に貸し付けて、阿漕《あこぎ》に儲け、その上がりの一部を江川又左衛門に上納し、そこから万屋にも利鞘を与えた上で、金を預けてきた旗本の客たちに、配当しているのではございませんかと……」

「赤堀さま！　私もさように……」

興奮を抑えられないのであろう。高木までもが、横手から言い出した。

「実は江川の妾たちの暮らしぶりを見るにつけ、はたして無役の四千石に、ここまでの贅沢をさせてやれる余裕があるのかと、不審に思っておりましたので……。本宅には妻子も家臣もあり、そちらのほうも金に困っている様子はありませんでしたので、おそらくは、このカラクリで金をこしらえておりますものかと……」

「よし。なれば、急ぎこれより和泉守さまにご面談を願い、この事実を万屋の口から明かさせるべく、吟味（容疑者の取り調べ）していただかねばならぬ。これより疾《と》く、奉行所に参るぞ」

「ははっ」

十左衛門の言葉に、赤堀も高木も、勇んで立ち上がるのだった。

九

北町奉行・依田和泉守が十左衛門ら目付方から「木箱の報告」を受けてより、五日の後のことである。

万屋の罪状について「すべて口書《くちがき》も取れたゆえ、是非にもお二方《ふたかた》にご報告いたしたい」と、依田和泉守から十左衛門と赤堀に向けて面談の依頼書が届けられて、今、十左衛門ら二人は北町の奉行所を訪れているところである。

和泉守はもとより根が大らかで、目付方とも屈託なく付き合ってくれる大人物ではあるのだが、今日はいつにも増して上機嫌で、十左衛門ら二人を相手に、饒舌に話してくれていた。

「いやまこと、『くだんの木箱の証文を読み解かれた』と判ってからは、万屋《あれ》もすっかり、おとなしゅうなりおってな……」

それまでの吟味では、あれやこれやと細かく罪状を否認して、できるだけ自分の罪が軽くなるよう頑張っていたそうだったが、木箱に目を付けられて、すべてを読み解かれてしまってからは、「自分も極刑に処されるに違いない」と、あきらめてしまったらしい。

そうなると、逆に今度は、自分を悪行に誘った江川に復讐をするかのように、万屋はすべてを語り始めたという。

「万屋は、なんでもつい五年前までは、江川の家で用人をしていたそうでな……」

その自家の用人である『駒田侑五郎』に、

「おまえは天性の利口者ゆえ、俺はおまえに賭《か》ける。この家の用人は辞めて、『万屋』として商人となり、万事、頭のまわらぬ愚かしい幕臣どもを手玉に取って、大儲けをいたそうぞ」

と、江川又左衛門は力説し、駒田の姓と両刀を捨てさせて、一介の商人となることを懇願し、強制したというのである。

だが、江川が最初に約束した「店を一軒、持たせてくれる」などというのは体《てい》のいい誘い文句で、飯田町の裏手にしけた『しもた屋』を借り受けてくれただけで、奉公人一人、雇ってくれる訳ではない。

「奉公人など雇って、下手《へた》に内情を知る者を増やすと、どこから秘密が漏れるやもしれないから……」

と、江川又左衛門はもっともらしいことを言っていたが、そのとばっちりを受けて、万屋は来る日も来る日も自分の足で客の屋敷をまわり歩き、日本橋の大店をまわったり、木挽町の蔭間茶屋まで行ったりと、身を粉《こ》にして働かねばならなくなった。

なのに一方、江川は未だに旗本の主君を気取って、自分は何の苦労もせず、妾を二人も囲って、いい調子でいるのである。

「いやまこと、江川について話し出したら止まらないという風でな。止め処なく不平不満をぶちまけているうちに、町方《こちら》があれやこれやと問うことにも、素直に逐一、答えてくれておったわ」

江川又左衛門が考え出したという「幕臣武家をカモにした金儲けのカラクリ」は、おおよそのところ、やはり赤堀が予想した通りのものであった。

まずは万屋が、自分が日頃「便利屋」のごとき仕事で出入りしている顧客の大身旗本たちから、「預かり金」を集めてくる。

その額は旗本によってさまざまで、下は「二、三両」程度から、上は「数百両」くらいまでと、かなり差はあるのだが、万屋はそうして諸家からの預かり金がある程度まとまると、それを江川又左衛門のところに届けに行くのだ。

すると江川が、「○月○日、たしかに○両、預かった」という具合に、万屋に宛てて預かり証文を出してくるということで、それが木箱のなかに「江川家の分の証文」として、入っていたという訳だった。

「したが実際、そのあとが悪辣でな……」

依田和泉守がそう言って、顔をしかめて続けた先の話は、本当にひどかった。

江川又左衛門は、万屋が届けてきた金を元手に「金貸し業」で儲けようという訳なのだが、旗本の自分が直に金貸しをしたのでは「幕府の決めた利息の上限」があるから、思うように大儲けができる訳ではない。

そこで考えたのが『当道座』の誰かと組んで、利息の上限の制限なしに「暴利で金貸し」をすることであった。

江川が金儲けの相棒として選んだのは、かねてよりの知己であった『嶋仲検校《しまなかけんぎょう》』という男である。

検校というのは、盲人の組合である『当道座』のなかでも最高の位の盲人で、たとえば路上を歩くにも、まるで大身旗本のように供揃えをして行列を成して闊歩する。

当道座の定める最高の衣服である「紫の衣」を着て、駕籠に乗るほどだから、それなりに自負もあって、気位の高い人物が多かった。

そんな検校の一人、牛込町に屋敷を構える『嶋仲検校』という者が、江川又左衛門と手を組んで暴利を貪っていたと、万屋が名を挙げて証言したというのだ。

「江川が嶋仲検校と謀《はか》り、検校の傘下の座頭たちに高利で貸し付けては、キリキリと取り立てておったそうでな。元手がなくては金貸しができぬゆえ、座頭らも検校のもとに借りに来るようなのだが、そうして検校に吸い取られるその分を、貸し手の幕臣や町人に暴利で上乗せしておったらしい」

依田和泉守はようやくそこまで話し終えると、最後を結んでこう言ってきた。

「いやしかし『金貸しが、金貸しに、高利で商売の元金《もとがね》を貸し出す』などと、世も末だぞ」

「まことに……」

和泉守の言葉に、十左衛門もうなずいた。

「して、和泉守さま、万屋はいかな処分になさいますおつもりで？」

をして悪辣に儲けていたのだ。

「うむ。まずは、死罪は免れまいな」

利息の上限なしに金貸しができるのは、あくまでも当道座の盲人たちだけである。だが江川や万屋は、その当道座の検校を隠れ蓑にして、とんでもない暴利で金貸しをして悪辣に儲けていたのだ。

幕府の法では、「十両以上を盗めば、死罪になる」のが決まりである。

それは『詐欺』を働いて儲けても同様で、「当道座の盲人を使って詐欺をして、何十両も何百両も不法に儲けてきた」のであるから、江川も万屋も死罪となることは決定であった。

もとは幕臣の出でありながら「商人《あきんど》」となった万屋は、あくまでも町人として扱われるため、『切腹』ではなく『打ち首』と沙汰《さた》（刑宣告）が決まった。

そうして「飼い犬の万屋」に恨まれて、洗いざらいバラされてしまった江川又左衛門は、赤堀を陣頭にした高木や蒔田、平脇ら目付方の手によって、とうとう捕縛を受けたのである。

十

捕えられた江川が、そのまま他家の寄合旗本へと「お預け」の身となって、半月あまりが経った日のことである。

その江川と相対で話をするため、目付の赤堀小太郎は面会に訪れていた。

すでに江川の罪状については、『評定所《ひょうじょうしょ》（武家関係の裁判所）』にて審議されて、江川又左衛門当人は『切腹』、江川家は『お取り潰し』と、幕府からの沙汰も受けている。

その「お沙汰」が実行に移されるのも十日後と決まっていて、そんな頃合いに、赤堀はわざわざ江川に会いに行ったのである。

幕府の命《めい》で江川を預かってくれている旗本家になるだけ面倒をかけぬよう、あらかじめ日時も取り決めてあったから、すでに江川は面談用の座敷に移されていて、赤堀の到着を待つ形になっていた。

「昨夜は雪が酷うなって、今日は一面、真っ白にござるが、貴殿、外はご覧になられたか？」

再会の挨拶代わりに赤堀がそう言うと、江川は白けた顔をして、口の端で嗤《わら》ってきた。

「『十日の後は、雪が降っても見られぬようになるから』と、ご同情くだされたのであろうが、生憎《あいにく》と、雪にもこの世にも未練はない。要らぬ話をなさろうというなら、早々に引き揚げさせていただくぞ」

そう言うなり、まるで脅すように腰を浮かせてきた江川に、赤堀も笑って見せた。

「なれば、何の話ならようござる？　嶋仲検校のご処遇については、いかがか？」

「伺おう」

いささか威張《いば》って言ってきた江川にうなずいて見せると、赤堀は話し始めた。

「今、嶋仲検校は、他の検校屋敷に預けの身となっておるのだが、先日、京の当道座よりの通達で『死罪にする』と決まったらしい」

「ほう……。いや当道座も、なかなかに厳しいではないか。嶋仲は『検校になってしまえば、こちらはもう、怖いものなしだ』と、よう自慢をしていたが、何のことはないな」

カラカラと高笑いをすると、その乾いた笑い顔のまま、江川は続けてきた。

「侑五郎はどうだ？　もう首を切られたか？」

「万屋なれば、まだ『牢《ろう》』のなかでござろう。刑の執行がいつになるかは、よう判らぬが……」

　そう言っておいて赤堀は、つと本気の顔つきで、江川に詰め寄った。

「今、貴殿、万屋を『侑五郎』と呼んでおられたが、やはり元は江川家家中の用人であったゆえ、少しは『可愛い』と思うておられるのか？」

「…………」

　江川はとたん、苦りきった顔になった。

「なぜ、そんなことを訊かれねばならぬ？　可愛かろうが、可愛くなかろうが、勝手でござろう？」

「いやいや……。そこはおそらく貴殿にとっても、おざなりにはできぬところであったろう。あと少し、貴殿があの万屋に優しゅうしてやっておれば、ああも洗いざらいに、すべて話してしまわなかったやもしれぬに……」

　赤堀はわざと残念そうな声を出すと、話を繋げて、こう言った。

「万屋《あちら》はずいぶんと貴殿に対し、立腹でござってな。『一軒、持たせてやる』と言うから、『駒田』を捨てて商人となったのに、店はケチな『しもた屋』で、奉公人の一人もつけてはくれず、日々自分ばかりが忙しく、歩き通しに歩いていると……。したが一方、貴殿がほうは、妾を囲って遊ぶしか能がなくても、『四千石の殿さまでござい』とふんぞり返っていられるのだから、まことにいいご身分だと……」

憤然として、いきなり言ってきた江川に、赤堀は喋りの順番《ばん》をサッと譲って、自分は押し黙った。

「あやつに何が判る！」

「あやつに何が判るというのだ！　儂とて好きで四千石の寄合に生まれた訳ではない。もそっと手頃な禄高であれば、幾らでもお役に就く道があったというのに、四千石の旗本の倅《せがれ》では『番入り《ばんい》』とて、できぬではないか」

江川の言う「番入り」というのは、まだ無役である幕臣が役職に就くことで、旗本身分の者であれば、一般的に初めて就く役職というのは、『番方《ばんかた》』の平《ひら》の『番士《ばんし》』であった。

番方は、江戸城内をはじめとした幕府のさまざまな施設を護る「警固のお役」である。武道に自信がありさえすれば、誰にでもできるこの番士の仕事を足がかりにして、経験や才気がなければ務まらない格の高い役職に出世していこうと、幕臣の男たちは皆そこを夢見るのだ。

とはいえ番士の役高は、一番格の高い『書院番《しょいんばん》』や『小姓組《こしょうぐみ》』の番士でも、三百俵なのである。

周囲の反対などもあり、四千石の旗本である自分が、さすがにたった三百俵の役職に就くことはできず、つまりはあまりに大身の家に生まれてしまうと、端《はな》から出世の道が断たれているという訳だった。

「そんな儂ら大身寄合の悲哀にも気づかぬくせに、『さすがご大身は、お役に就かずとも、悠々自適に暮らせるからうらやましい』などと嫌味《いやみ》を抜かしおって……。挙句、大身旗本の殿さまは、育ちはいいが、何もできぬ馬鹿殿ぞろいだなどと陰口を……」

そんな理不尽な決めつけに、人知れず唇を噛んで我慢をし続けていた二十代の頃に、偶然見かけたのが「蕗江」であったという。

蕗江には八つ歳上の姉がいて、その姉は江川家の近所の旗本のところに嫁に来ていたのだが、その姉の出産に、妹の蕗江が長く手伝いに来ていたのである。

赤子が無事に生まれた後も、蕗江は長く手伝いに残っていて、赤子をあやしながら姉妹が仲良く散歩しているのを、江川もたびたび見かけていた。

姉を手伝って甲斐甲斐《かいがい》しく働く姿は、姉の嫁《とつ》ぎ先でも好評で、自然、そんな噂は近所の江川家にも流れてくる。

蕗江の実家は三百石の旗本だそうだったが、蕗江と同様、顔立ちも気立ても良い姉は、五百石の旗本家に嫁入っており、そんな噂を聞くにつけ、江川は「自分の嫁は、蕗江がいい」と思い焦がれるようになっていた。

普通であれば、「三百石の家の娘が、四千石の旗本家に嫁に来る」などということは有り得ない。

だが江川は盲目的に恋するあまり、「蕗江の姉だって、自分の家よりかなり上の家に嫁に行ったのだから、蕗江を江川家に迎えるのだって、あながち無理という訳でもない」などと、思い込むようになったのである。

そんな将来を夢見ながらも、親に「蕗江を嫁に欲しい」とはなかなか言えずにいたところ、とんでもない噂が江川の耳に入ってきた。

三百石の旗本の次女であった蕗江が、なんと家禄二百石ぽっちの『広敷』の役人のところに、嫁に行ってしまったというのである。

その役人こそ、当時は役料・二百俵で『広敷番《ばん》之頭《のかしら》』という、大奥の警備の長官をしていた冨沢助次郎だったのだ。

「たかだか二百石ぽっちの貧乏旗本だぞ。三百石の蕗江の家より、さらに家格が低いではないか！」

それでも蕗江の姉の婚家では、「お広敷のなかでは、武官の長をなさっている方だから、妹さんも先々が愉しみねえ」などと噂しているというのだ。

「あの時は、『二百石の役付きに負けた』と絶望したが、二十年が経って、改めて比べてみれば、やはり二百石は二百石……。お役に就けていたからとて、それが必ず出世に繋がる訳でもない。結句、蕗江は儂がものになったのだから、二百石が四千石に勝てるはずもなかったということだ」

吐き捨てるようにそう言って、江川は悦に入っている。

そんな江川又左衛門の様子に、赤堀は心の内で、ため息をついていた。

今日、赤堀がここに来たのは他でもない、そもそもが高禄で金には困らないはずの江川が、なぜこんな悪事をしてまで金儲けをしようとしたのか、その本当のところを知りたかったのである。

こたび江川が画策した悪事は、本当にすさまじいものだった。

金に余裕のある大身の幕臣たちが「小遣い稼ぎ」程度のつもりで万屋に金を預け、それが江川や嶋仲検校を通して、金貸しの座頭たちに貸し出されると、今度は暮らしに余裕のない小身の幕臣たちが「座頭金」の餌食《えじき》となって、身包み剝がれ、妻子まで奪われるのだ。

江川が考えたこの悪辣な仕組みのなかで、ことさらにえげつなく、ことさらに恐ろしいのは、悪事のための元金が、何ら悪気《わるぎ》のない大身の幕臣旗本たちから供給されていることである。

江川も嶋仲検校も自分の金は使わずに、幕臣から集めた金で金儲けをして、その結果、別の幕臣たちを座頭金地獄の奈落《ならく》の底に、突き落としているのだ。

この幕臣社会全体、高禄《うえ》から小禄《した》まで全部を利用して、悪辣な金儲けの仕組みを拵《こしら》えた江川の、その動機や真意のようなものを、赤堀は知りたかった。

むろん江川が「幕臣」を金儲けのカモとして選んだ理由には、幕臣武家のことなら内情まで判るため、町人を相手にするよりもやり易い、という事実があるだろう。

だが何かそれだけではなく、江川が考えたこの仕組みのなかには、もっとドロドロとした悪意のようなものが感じられて、赤堀は、それがどうにも気になってならなかったのである。

すでに事件は決着し、処罰もすべて決まっているから、十日後に江川が切腹してしまえば、その悪意が何なのか、知りようもなくなってしまう。

それゆえ今日、赤堀は、どこもかしこも真っ白に積もった雪のなか、江川又左衛門に会いに来たのだ。

「蕗江どのとの経緯《いきさつ》、相判り申した」

赤堀は改めて江川と真っ直ぐに目を合わせると、その先を続けて言った。

「なれば貴殿がこたびの悪行を成したその起源は、昔に『蕗江どのを、役付きの富沢どのに奪《と》られたこと』への悔しさにあるのでござるな？」

「…………！」

歯に衣着せずに赤堀に言われて、カッとしたのだろう。江川は顔を歪めて、赤堀《こちら》を睨みつけている。

その江川を正面に見据えたまま、赤堀がわざと何ほどもない表情《かお》で淡々としていると、江川はさらに腹を立てて言ってきた。

「蕗江など、瑣末《さまつ》なことだ。現に今では冨沢も、みじめに妻をこちらに売ってきたではないか！」

「いや、江川どの。今こうして傍《はた》で聞くかぎりでは、『瑣末』と言うには当たらぬように思えるが……」

「くどいぞ！　何をガタガタ、執拗に申しておるのだ。蕗江など、事のついでに手に入れただけだ！」

ドンと拳《こぶし》で畳を叩くと、江川は怒りに任せて言ってきた。

「冨沢がすでに大奥の勘気を得て、役を御免になっていたのは知っていたから、『どうで落ちぶれているに違いない』と万屋に調べさせたら、案の定、子の病の薬代に困っていたのだ。それゆえ『ここ幸い』と、座頭を仕向けてやっただけだ」

「…………」

赤堀は一つ大きくため息をつくと、改めて江川を見つめて静かに言った。

「貴殿、それを『執着《しゅうぢゃく》』と言わずして、何と呼ぶというのだ？」

「…………！」

くっと言葉に詰まったらしい江川に、赤堀は追撃した。

「第一、貴殿、そも金にはいっこう困らぬ身であろうに、何ゆえかように、金儲けに走ったのだ？　それともやはり、麹町に妾宅を構えるほどには、禄に余裕はなかったか？」

「なにっ！　貴様、四千石を馬鹿にする気か！」

腹立ちのあまり、江川は身を乗り出してきた。

「あんな妾宅の一つや二つ、何というほどのものでもないわ！　僅少《きんしょう》、千石の目付と一緒にするな！」

「さようでござるか」

　鷹揚にうなずいて見せると、だが赤堀はその先を続けて言った。

「なれば何ゆえ、かような悪事に走ったのでござる？　金に執着したのでも、蕗江どのに執着したのでもなければ、貴殿は一体、何を得たくて、さように癇癪《かんしゃく》を起こしておるのだ？」

「癇癪だとッ？」

　カッと、江川は膝立ちになって、自分の腰に手をやった。

　だがむろん、こんな悪辣な罪を犯して他家へと預かりになっている身の上だから、軽い罪なら許される小刀の携帯も江川には許されていない。それゆえ赤堀に斬りかかることもできずに、江川は膝立ちのまま、怒りにわなわなと震えているようだった。

　その江川にぴたりと視線を合わせると、赤堀はさらに煽《あお》ってこう言った。

「さよう。貴殿はまるで『癇癪を起こした幼子《おさなご》』のごとく、ただ暴れておったのであろうよ。己《おのれ》の大身を嘆いて『役にも就けぬ！　蕗江どのも手に入らぬ！』と、ぐずって暴れておるだけだ」

「違う！　さようなことではない！　儂はくだらぬ『武家の社会の在《あ》りよう』に、一矢報いてやったのだ！」

「ほう……。それが貴殿の『悪行の言い訳』でござるか」

「言い訳だと？」

「さよう。言い訳以外の何物でもござるまい。縦《よ》し『世間の在りようが、よろしくない』と思うなら、何ゆえ目付方《こちら》に正規に訴えてこぬのだ？　第一、四千石の旗本だとて、あれやこれやと懸命に努力して、見事、お役に就かれるお方もあられる。自身の不遇を数え立てるばかりでは、何もお手には入らぬぞ」

「………」

悔しいが言い返しができないのであろう。くっと、江川はうつむいている。

赤堀も、わずかに目を脇にそらせた。

今ようやく少しだけ江川の心の内を知ることができたようだが、いざ知ると、蕗江との昔も含め、江川には江川なりの大身旗本としての悲哀や屈託があり、それはたしかに幕臣であるがゆえの生きづらさに他ならないのであろうと思われた。

だが、幕府から禄をいただく幕臣でいるかぎり、一生逃れることはできない一種の閉塞感に苛《さいな》まれているからといって、その八つ当たりを他の幕臣たちに向けていいものではない。

別に幕臣に限らずとも、この世には、自分の置かれた環境に生きづらさや閉塞感を感じている者など山ほどいるに違いないが、皆たいていは必死に耐えて、そんななかでも懸命に前を向いて歩いているのだ。

そのことを、今、目の前にいるこの江川に、伝えることはできたのであろうか。

目付の職の難しさを、改めて思い知らされたような心持ちであったが、さりとて、どんな幕臣であったとしても、精一杯に対処しなければならない。「その幕臣の真実《まこと》が、どこにあるか」を真摯に監察して、「その幕臣や幕府、ひいては世間全体が上手くまわっていくようにするため」に何をどう指導すればよいのかを、一人一人、一件一件、ていねいに向き合っていくしかないのであろう。

「して、貴殿、蕗江どのや、麹町のお妾どのについては、どうなさるおつもりだ？」

「…………」

いきなり問われて面喰ったのであろう。江川は目を上げてきたが、答えない。

その江川に、赤堀はこう言った。

「十日後《のち》、貴殿の沙汰の執行が済めば、江川家の拝領屋敷ばかりではなく、私邸の山元町や麹町の妾宅も、すべて没収となるでござろう。さすれば、お妾のお二人も、惨めに身包み剝がされることと相成りまするぞ。そんな辱めを受けさせてまで、あの家に留め置かれるおつもりか？」

「…………！」

江川はまた悔しげに唇を嚙んできたが、それでももう今度は、反論はしてこない。

赤堀は続けて言った。

「もし貴殿にそのおつもりがあれば、今日これよりさっそくにも手配して、麴町と山元町のお二人に『今後はご自由になされるように……』と伝えてまいろうと思うが、いかがでござる？」

「……ふん。いかようにもするがよいわ」

「うむ。なれば、お引き受けいたした」

「…………」

江川はいかにも「どうでもいい」という風に、白けた横顔を見せてきたが、そんな江川の様子が、赤堀は嬉しかった。

そうしてその嬉しさに勇気を得て、赤堀はもう一つ、江川に対し、訊ねて言った。

「本宅のご妻子の先については、いかがなされる？　幸いにして貴殿には男子はおられず、お子ら二人は娘御であられるようだから、貴殿の罪の連座を負うて『島流し』になることはあるまいが、『御家断絶』と相成れば、家財はすべて没収されて、ご妻子は路頭に迷うことと相成ろう。そのご妻子の身柄を預かり、親身に養ってくれるようなご親族は、おありでござるか？」

「………」

江川はまた、小さく唇を噛んでうつむいた。

おそらくは、零落した自分に親身に尽くしてくれるような親類や知己は、見当たらないのであろう。こうした立場になって初めて、自分が世間にしたことが、そのまま世間からし返されてくることに、気づかされるのだ。

目の前の江川は、見る見るうちに打ち萎《しぼ》んでいくようである。さっきはまだ悔しげに唇を噛んでいたが、今はただ妻子の将来《さき》が案じられてならないのかもしれなかった。

そんな一幕臣の江川を放っておけず、赤堀は、あとで「ご筆頭」に叱られるかもしれないのを覚悟で、こう言った。

「こたびの貴殿の一件のごとく、幕臣の身分を剝奪される家のご妻子が先々の暮らしに困らぬよう、最後まで見守るのも、目付方の役目の一つでござってな」

「………」

驚いた顔をそのままに、こちらへと目を上げてきた江川に、赤堀はうなずいて見せた。

「ご妻女のご実家が受け入れてくだされば何よりでござろうが、それが無理なら、いずれ、どこぞの尼寺にでもご出家いただくのが、御心の平安を保つ上でもよかろうと存ずる。いずれにせよ、ご妻子の先々についてはご相談にも乗らせていただくゆえ、ご案じなされますな」

「………」

江川はただただ目を剥いて、こちらをじっと見つめている。

その江川に一つ大きくうなずいて見せると、赤堀はこれ以上は何も言わずに、その場を立ち去った。

今の赤堀の言葉は嘘で、本来ならば目付方に「御家断絶になる幕臣の家族の将来を考えてやる任務などない」ことは、おそらく江川も知っていることであろう。

だからこそ、ただ黙って驚いて目を見張っていたのであろうし、実際、妻子の安泰を頼める人もいないから、赤堀《こちら》の嘘に乗っかった形で、流されたままになっていたに違いなかった。

その「互いの内心」が読めただけでも、一幕臣である江川又左衛門の監察ができたのかもしれない。

さっきこの屋敷を訪ねてきた時には止んでいた雪が、今はまた静かに降り始めている。その雪のなかを、赤堀は城へと向けて、馬を進ませて行くのだった。

盲人の世過ぎとして幕府が黙認していた金貸し業に、改めて粛正がかけられたのは、その後、まもなくのことであった。

時代小説

二見時代小説文庫

幕臣《ばくしん》の監察《かんさつ》 本丸《ほんまる》 目付部屋《めつけべや》 8

二〇二一年 四 月二十五日　初版発行

著者　藤木《ふじき》 桂《かつら》

発行所　株式会社 二見書房
〒一〇一-八四〇五
東京都千代田区神田三崎町二-一八-一一
電話　〇三-三五一五-二三一一［営業］
　　　〇三-三五一五-二三一三［編集］
振替　〇〇一七〇-四-二六三九

印刷　株式会社 堀内印刷所
製本　株式会社 村上製本所

落丁・乱丁本はお取り替えいたします。定価は、カバーに表示してあります。

ISBN978-4-576-21044-5
https://www.futami.co.jp/

井伊和継

目利き芳斎 事件帖

シリーズ

以下続刊

① 目利き芳斎 事件帖1 二階の先生
② 物乞い殿様
③ 猫化け騒動

「お帰り、和太郎さん」「えっ」――どうして俺の名を知ってるんだ…いったい誰なんだ？　家を飛び出て三年、久しぶりに帰ってきたら帳場に座って俺のあれこれを言い当てる妙なやつが――。湯島の骨董屋「梅花堂」に千里眼《せんりがん》ありと噂される鷺沼《さぎぬま》芳斎《ほうさい》と、お調子者の跡取り和太郎の出会いだった。骨董の目利きだけでなく謎解きに目がない芳斎が、持ち込まれる謎を解き明かす事件帖の開幕！

二見時代小説文庫

井川香四郎

ご隠居は福の神 シリーズ

以下続刊

①ご隠居は福の神
②幻の天女
③いたち小僧
④いのちの種
⑤狸穴《まみあな》の夢

「世のため人のために働け」の家訓を命に、小普請組の若旗本・高山和馬は金でも何でも可哀想な人たちに分け与えるため、自身は貧しさにあえいでいた。ところが、ひょんなことから、見ず知らずの「ご隠居」を屋敷に連れ帰る。料理や大工仕事はいうに及ばず、体術剣術、医学、何にでも長けたこの老人と暮らすうち、和馬はいつしか幸せの伝達師に！「ご隠居」は何者？　心に花が咲く！

二見時代小説文庫